KB265752

권경욱 게임 판타지 소설

기갑전기 매서커

GAME FANTASY STORY

기갑전기 매서커 13

권경목 게임 판타지 소설

초판 1쇄 찍은 날 § 2011년 9월 21일
초판 1쇄 펴낸 날 § 2011년 9월 28일

지은이 § 권경목
펴낸이 § 서경석

편집부장 § 권태완
편집책임 § 박우진

펴낸곳 § 도서출판 청어람
등록번호 § 제1081-1-89호
등록일자 § 1999. 5. 31
어람번호 § 제1-1272호

주소 § 경기도 부천시 원미구 심곡2동 163-2 서경B/D 3F (우) 420-822
전화 § 032-656-4452 팩스 § 032-656-4453
http://www.chungeoram.com
E-mail § chungeoram@chungeoram.com

ⓒ 권경목, 2008

ISBN 978-89-251-2626-5 04810
ISBN 978-89-251-1285-5 (세트)

경목 게임 판타지 소설
기갑전기 매서커
GAME FANTASY STORY
13
유사 종족을 찾아서 편
청어람

Contents

Act 00
대지의 심장

機甲戰記
Massacre
기갑전기 매서커

미요와 사이좋게(?) 말을 주고받으며 드워프들의 안내를
받아 이동하고 있다.

"말라깽이―"

"폭력 퀸―"

"눈치 제로―"

"허영 퀸―"

"익―"

"……."

약 오르지? 약이 올라야 할 것이다.

"주거—?!"

"살 거야—?!"

"에잇, 지오 주제에 기어이 매를 버는구나."

"너로 인해 는 건 맷집뿐. 쵸(때려), 쵸(때려)!"

나는 자해 공갈단 행동대원이 되어 가슴을 내밀었다.

미요의 아름다운 눈이 상큼하게 치켜올라 갔다.

"너는 태극권으로 우아한 체형을 단련하던 나를 기어이 홍권을 수련하게 만들었다."

"?"

문 말이야? 무슨 암호 같잖아.

"아뵤, 야뵤— 끼얍!!!"

미요의 입에서 쿵푸 스타의 기성이 토해졌고… 가는 팔이 여러 갈래로 늘어나며 무수한 하얀 잔상으로 화해 눈앞을 덮쳐왔다.

슈슈슛, 퍼퍼퍼퍽—!!!

커헉, 치라고 정말 치냐?

무수한 주먹 잔상이 갑옷 가슴받이에 적중했다, 갑옷 위에 주먹 도장이 선명하게 찍혔다.

놀라운 진력!

갈비뼈에 의해 보호되는 모든 장기가 아우성을 질러댔다.

이거슨… 전설의 송곳 펀치!

나는 매서커 특유의 믿음의 아우라로 방어하는 대신 고스란히 타격을 받아들였다.

왜?

쏠로 연대 드워프들이 보고 있어서.

그렇다. 남자는… 몸빵, 뚝심, 오기, 가오다.

숨을 깊이 들이쉬었다, 고래처럼. 팽창하는 갑빠!

어이, 드럼통. 갑빠 기깔나지?

나는 두 팔을 벌리고 주먹을 전부 받아들였다.

우퍼퍼퍼퍼퍼퍼퍼퍼퍼퍼퍼퍽!!!

…폭력의 잔상은 사라졌다.

충격을 견딘 갑옷에서 연기가 무럭무럭 피어올랐다.

….

미요는 숨을 고르며 어깨를 들썩이고 있다. 축 처진 팔 끝에 붉게 달아오른 주먹이 섬뜩하다.

"흥, 저항은 안 하는 걸 보니 양심은 있군. 목숨 건진 줄 알아?!"

"크으… 여부가 있습니까."

쥐어짜는 목소리로 대답했다.

싸한 정적.

드워프들은 하얗게 질린 얼굴로 거리를 두고 물러나 있다.

나의 안위에 관심이 쏠려 있다.

씨익 웃으며 괜찮은 척 애써 연기하는 나!

위액이 목 천정까지 닿아 있다.

소나기 펀치를 신음 한 점 흘리지 않고 의연하게 버텨내다니……. 나 자신이 뿌듯하다.

에에에에에에에에에에─!!!

드워프들의 우레와 같은 박수!

이에 팩 토라지는 미요였다.

돌아서 손을 겨드랑이에 끼고 열심히 문지르기 시작, 눈가엔 아픔을 견디는 눈물이 억울하게 달려 있다.

아싸, 역시 갑빠의 승리!

여하튼 드워프들은 존경의 눈으로 날 쳐다봤고, 일부는 엄지를 추켜세우는 것을 주저하지 않았다. 그러자,

"……아직 안 끝났거든?!"

퍼퍼퍼퍽!!!

주먹 퍼부어지는 연타음이 울리며,

놀라운 인내력!

당신은 드워프들에게 깊은 감명을 각인시켰습니다.

'드워프가 인정하는 맷집!' 타이틀을 획득했습니다.

이것은 강 타이틀입니다.

아싸, 타이틀 획득!

보너스 포인트로 12포인트가 주어졌습니다.

타이틀 사용시, 매서커 지오의 기본 생명력이 3% 가산됩니다.

드워프와 분쟁시 추가로 8% 가산됩니다.

매서커 지오의 기본 방어력이 3.3% 증가합니다.

드워프와 분쟁시 추가로 8.8% 가산됩니다.

이 정도면 무려 3레벨이나 Up한 성과다.

팁:아픈 만큼, 성숙해지고……

매서커 지오의 능력 신장을 위해 폭력 노출시 동화율을 높여 유지하는 것을 적극 추천합니다.

이는 기본 능력 향상에 도움이 됩니다.

……

뭣이라?

누구 피 토하고 쓰러지는 모습 보고 싶은 거야?!

…됐거든?!

*   *   *

금속 특유의 은빛을 머금은 장막을 통과했다.

지이이이이잉, 징이 울리는 소리가 얇게 울리며,

드워프 게이트는 은밀한 장소에 숨겨져 있었다. 이도 드워
프 고유의 아이템이 있어야 가동되었다.

　　게이트를 통과해 이동하고 게이트를 통과해 이동하는 과정이 반복되었다.

　　한 번 통과한 장소에 다시 돌아와 이동하기도 했다. 이는 고의적인 순번 흩뜨리기. 어쨌든 게이트를 통과할수록 피부에 닿는 공기는 점점 차가워지고 있었다.

　　지칠 만했지만 미요의 격려(?)에 지칠 순 없었다.

　　드워프 장로를 만나는데 드워프의 본거지를 방문하지 않을 수 없다.

　　후훗, 유저 가운데 드워프 캐슬의 첫 방문자 타이틀을 달게 되는 것이라.

　　기대는 의문으로.

　　"드워프 캐슬 입구입니다."

　　드워프 출랑카가 시커먼 절벽을 가리켰다.

　　울창한 원시의 숲 한가운데에 우뚝 솟은 수직의 절벽이 웅장하게 펼쳐져 있다.

　　절벽은 그 자체로 장벽이었다.

　　하나 이 장벽 어디에도 문명의 인공의 흔적은 없다.

　　?

　　의문보다 공기의 배어 있는 청량감이 상쾌하다.

　　원시 침엽수림의 그림자도 깊다.

　　지중해성 기후인 바미안에서 한참 아래로 내려왔음이라.

"어!"

나는 놀라지 않을 수 없었다.

그랬다. 절벽이 병풍처럼 펼쳐져 있는 상당히 이질적인 장벽지형, 그 거대한 전체가 인공의 산물이었다.

대략 2백 미터는 족히 넘어 보이는 수직 절벽은 무종의 힘이 작용해 솟은 것이었다.

지진 같은 급격한 지각변동으로도, 오랜 세월의 풍화 작용으로도 만들어질 수 없는 지형이었다.

이 검은 절벽은 가까이 다가갈수록 그 박력이 명불허전의 위압감으로 다가왔다.

이런 높이면 초병이 무슨 소용 있으랴.

드워프 전사 하나가 녹색 신호탄을 공중으로 쏘아 올렸다.

곧 절벽 위에서 두레박 형태의 승강기가 내려왔다.

승강기를 타고 절벽 위에 도착했다.

절벽 뒤로 완만한 경사가 있고, 경사가 끝나는 지역에 석축 요새가 당당하게 버티고 서 있다. 요새 뒤론 광활한 평지가 펼쳐졌다.

놀라운 경관의 연속이었다.

이는 절벽이 감싼 분지였다.

요새의 문은 활짝 열려 있다. 한 번도 닫지 않은 것 같이 문짝 모서리엔 이끼가 켜켜이 끼어 있다.

요새를 지키는 드워프는 없다. 평화로웠고 그저 젊은 드워프들이 요새 터에서 오크 형상의 허수아비를 상대로 무기술을 연마하고 있을 따름이다.

자세히 살펴보니 허수아비 형상 중엔 인간도 있다.

감탄은 계속 이어졌다.

동동동, 자동차도 아닌, 마차도 아닌 3쌍의 바퀴로 움직이는 이동기기가 다가왔다.

드워프들이 보란 듯이 먼저 탔다.

이 이동기기는 포석이 깔린 도로를 약간 빠른 걸음 정도의 느낌으로 이동했다. 드워프에겐 뛰는 속도이리라.

이동하는 내내 숲과 농경지가 어우러진 평화로운 그림이 이어졌다.

작은 크기의 자동 이동기기가 몇 대 지나쳤고, 버스 같은 이동기기를 이용하는 드워프들도 수차례 지나쳤다. 그렇게 드워프들은 자동차 개념이 통하는 이동기기를 광범위하게 운용하고 있었다.

발바닥을 통해 기분 좋은 진동이 전해져 왔다.

동동동, 공공공—

강철거인의 마나엔진의 기동음과 흡사한 기관이 이동기기 하부에 장착되어 있음이 느껴졌다.

우습게도 원형 휠 형태의 기기를 돌려 방향을 전환했다. 범선의 조타와 같은 모양에 쓴웃음이 났다.

이 이동기기는 지붕이 없어 타고 가는 내도록 드워프들이 몰려와 미요를 구경했다.

미요는 화사하게 웃으며 손을 흔들어 천진한 반가움을 발산한다.

으, 가증스러워!

한데 평지 곳곳에 원형의 공동이 보이는 것이었다.

그 공동을 바라보는 젊은 드워프들의 눈엔 걱정이 배어 있다.

오랜 세월 지하수가 흘러 지반을 주저앉힌 함몰공(陷沒空)이라 했다.

이 함몰공은 마을 한복판, 농경지 한복판 가리지 않고 흩어져 있었다.

흥정을 주관하던 출랑카가 안타까운 목소리로 말했다.

"갑자기 무너져 버려… 많은 피해가 발생했습니다. 그 빈도가 근래에 잦아지고 있어요."

설명하는 말에 무력감이 담겨 있었다.

나는 눈으로 더 이야기해 달라는 신호를 보냈다.

고개를 끄덕이며 설명을 친절히 이어갔다.

그렇다!

그는 미요의 폭력에 굳건히 버틴 나를 존경하고 있다. 아니, 전사단 전체가 나를 숭배하고 있다. 곧 경배로 이어질 것임을 확신한다.

'드워프도 인정한 맷집' 타이틀은 곧 '드워프도 울고 갈 맷집의 소유자' 타이틀로 이어졌다.

이게 다가 아니다. '드워프 전사조차 경의를 표하는 맷집의 소유자' 타이틀로 급성장!

미요의 그 처절한 폭력 속에서 웃음을 잃지 않은 결과다.

반성의 의미에서 동화율을 유지하며 몰아치는 고통을 감내했다.

나름 현실의 만남을 거부당한 미요의 보복은 그만큼 지독했다.

여하튼 출랑카의 설명은 겸손한 어투로 이어졌다.

"느꼈겠지만… 이 지형은 처음부터 존재하지 않았습니다. 자연법칙에 위배된 땅이랄까요."

"……."

드워프 월(Wall)의 유례를 들으시겠습니까?

당연히.

아싸―! 전조가 좋다. 드워프가 직접 부여하는 퀘스트!

"그 옛날 우리 일족은 이슈타르인들의 핍박을 피해 이곳까지 도망을 쳐야 했습니다. 오면서 보셨겠지만 오우거에 트롤이 득실거리는 지역이 절벽 아래 숲입니다. 그리고 이슈타르인들만치 우리들을 노예로 부리고 싶어하는 종족이 버티고 있었습니다. 이곳은 원래 그들의 터전입니다."

"종족?"

"바로 오크들입니다. 이 침엽수림 지대는 오크 종족의 오랜 터전입니다. 지금도 마찬가지고요. 여하튼 이 숲에 도착하자마자 일족은 큰 위험에 봉착했습니다. 오우거와 트롤을 부리는 오크 셔먼이 대거 오크 부족들을 규합해 우리를 붙잡으려 들이닥쳤습니다."

"호……."

미요도 눈이 둥그래져 이야기에 귀를 기울였다.

"남녀노소 구분없이 일만의 일족이 목책을 세우고 농성을 했지만 역부족인 상황! 오크 셔먼이 우리를 산 채로 잡고 싶어하지 않았으면 전멸해도 하등 이상할 게 없는 상황이었다고 합니다.”

“오호.”

나는 이곳이 남부 대산맥 너머 오크들의 땅임을 짐작할 수 있었다. 이곳의 오크들은 지금 필드를 누비는 흔한 오크들보다 흉폭하고 똑똑하다 들었다.

그만큼 이곳은 유저들의 영역에서 아득히 먼 땅이다.

“곧 목책이 무너지고 오크 전사들이 들이닥칠 바로 그 순간, 오크들은 물러났습니다. 그리고 오크 서먼이 나타나 요구했습니다. 살 땅을 내어줄 테니… 목책을 스스로 해체하라고.”

“……”

“이미 목책은 그 기능을 상실한 상태였습니다. 오크들의 노예가 되기를 그런 식으로 에둘러 표현한 것이죠.”

“하아―”

이야기에 몰입한 미요가 안타까움의 한숨을 내쉬었다.

“곧 장로들이 회의를 시작했습니다. 그리고 결정 내렸죠. 다시금 다른 종족의 노에로 사느니… 모두 자결을 히기로!”

“그럴 수가?!”

미요가 안타까움에 내 손을 꽉 쥐었다.

나 참……. 이 손 놓으라고?!

앙, 물어버리겠어!

하나 반항하기엔 이야기에 몰입한 상태.

"스스로의 의지로 자결할 수 없는 어린아이들이 문제였습니다. 따로 모아 전사들이 죽이기로……."

"음"

비참한 그림이 그려졌다.

"그 결정에 아이들을 떼어놓은 어머니들의 울음이 비통하게 울려 퍼졌습니다. 숲 너머 땅 끝까지……."

"흐앙― 너무해……. 그러면 안 돼―?!"

미요의 눈에 눈물이 그렁그렁 맺혀 있다.

"첫 죽음을 맞이할 아이는 대전사의 첫째 아들이었고 이를 실행하는 것은 바로 대전사 그 자신이었습니다."

"아, 어떻게……."

"대전사는 배틀 햄머를 치켜들었습니다. 하나 차마 아들을 내려치지 못하고 굳은 채 마냥 서 있을 수밖에 없었습니다. 그런 그를 누구도 재촉할 수 없는 상황……. 대전사의 눈에서 피눈물이 흘렀습니다. 어머니의 비통한 울음 역시 하늘에 닿았습니다."

"……."

출랑카는 잠시 눈을 감았다 떴다.

"요새의 낌새가 심상치 않다고 느낀 오크들이 다시 진군을

개시했고, 다급하게 첫 아이를 죽여야 하는 순간이 찾아왔습니다. 바로 그 순간! 부족의 보물인 '대지의 심장'이 뛰기 시작했다고 합니다. 바로 그 대지의 심장이……."

"앗―!"

역시 대지의 심장과 관련된 퀘스트!

"대지의 심장이 박동하자 땅이, 아니, 대지가 솟구쳐 자라나는 것이었습니다. 심장박동 한 번에 1미터씩……. 대지의 심장 박동은 200번을 뛰고 그쳤습니다."

"와―"

"바로 이 절벽 안 분지가 그렇게 만들어졌고, 승강구 입구가 바로 그 첫 요새 터입니다. 그 후 이 광활한 분지에서 우리 일족은 기력을 충전했고 문화와 문명을 다시 일굴 수 있었습니다."

"다행이야―"

미요는 작은 탄성을 지르며 안도의 함성을 토했다.

"당시 어머니의 울음이 미치는 범위까지 대지가 자라났다고 하는데… 자식을 잃을 위기에 처한 어머니의 통곡이 얼마나 멀리 퍼져 나갔는지를 비유하기 위해 만들어낸 이야기가 아닐까 합니다."

"휴우―"

미요가 눈가에 맺힌 눈물을 훔치며 안도의 긴 한숨을 내쉬었다.

그런 미요를 출랑카는 고개를 끄덕이며 인정했다.

그랬다. 이 땅은 대지의 심장이 만든 땅이었다.

자연스러운 퀘스트 공유다.

"제가 이 땅과 일족의 이야기를 하는 것은 바로 그 대전사의 첫 아들이 바로 제 할아버지이기 때문입니다. 제가 여러분께 소개 드려야 하는 바로 그 장로이십니다."

"아하."

젊은 출랑카가 권한이 높은 이유였다.

"바로 대지의 심장이 뛰는 것을 직접 보신 몇 안 되는 생존자시죠. 평생을 일족의 제사장으로 지내시며 대지의 심장의 비밀을 풀려고 노력하셨지만… 그 이후 대지의 심장은 단 한 번도 뛰지 않았습니다."

"그런 일이."

고마운 사전 정보였다.

설명하는 내내 출랑카의 시선은 나에게 향해 있었다.

이는 출랑카가 나를 숭배하기 때문이라.

나의 이 튼튼한 맷집을!

하나 그는 미요와 맞잡고 있는 손을 보고는 그는 고개를 절레절레 흔들었다.

도저히 이해 못하겠다는 반응이었다.

…나도 그래.

본격적으로 끌어들이네.

뭐, 손만 잡아도 묻어가는 인생이 그런 거지.

*　　　*　　　*

이어 함몰공에 대한 우려가 이어졌다.

"함몰공은 채굴 작업이 한계에 달했다는 뜻입니다. 지하수맥을 돌려보려고 노력 중이지만 이곳의 수명이 다해감을 부인할 수 없는 증거죠."

그만큼 지하를 무분별하게 파내려 갔다는 뜻. 외부의 적과 완벽하게 격리된 이곳에 안주했음이라.

추측해 보니 가브가브의 동공에서 만난 탐사대의 목적이 광맥 탐사에 한정된 게 아니었다. 그 정도 거리면 새로운 이주지를 찾기 위한 원정이리라.

"지금 지하수 흐름이 거칠어져 통제할 수가 없을 지경에 처해 있습니다. 그 때문에 장로들과 전사단이 새로 이주할 장소를 찾아 떠돌고 있고요."

숨기려 하지 않았다.

출랑카는 그런 식으로 이런저런 사전지식을 알려주었다.

하지만 나와 미요를 향한 다른 드워프들의 눈빛은 곱지 않다.

백번 이해한다.

드워프들의 얼굴이 말해주고 있다. 이슈타르인이든 유저인이든 '인간' 이 탈을 쓰고 있음을.

인간 방문자에 대한 우려와 적개심이 고스란히 드러났다.

하나 그런 이들이 사랑스럽기만 하다.

검소한 통나무집에 살지만 이들이 걸친 금속 액세서리들의 세공이 예사롭지가 않다.

미요 역시 보석 수집의 대가답게 눈이 몽롱하게 변해 있다.

"어머어머, 저 과일 바구니, 누비통 No.321이랑 똑같아―"

“우잉?”

뜨헉! 미요는 현실의 명품 마니아인가 보다.

어떻게 가방 모델 번호까지 꿸 수 있지? 내 눈엔 그 가방이 그 가방인데.

게으른 개발자 가운데 명품 마니아가 있나 보다.

미요는 기어이 가죽 과일 바구니를 안에 담긴 과일 값만 계산하고 빼앗다시피 가져왔다.

햇살을 향해 과일 바구니를 들어 보이며 한정 판매 명품을 쟁취한 된장녀의 미소로 넘실거렸다.

감히 범접하기 싫은 위화감이 엄습했다.

미요가 현실에서 다양한 삶을 살고 있음을 매번 느끼지만, 이런 모습… 공포야.

나의 뜨악한 눈빛을 그제야 눈치챘는지 미요는 정색하며 발로 찼다.

“안목을 기르라고?! 영주관을 잡템으로 채우지 말란 말이야.”

“…아, 네.”

괜히 성질이야.

이미테이션조차 사주지 못하는 내가 참는다.

나는 애꿎은 사과를 와삭 소리가 날 정도로 베어 물었다.

그렇다. 서민 드워프들조차 인간의 기준엔… 부자다.

똥자루들아, 껍데기를 벗기러 이 지오님이 오셨다. 흐흐흐.

출랑카가 흠칫하며 진저리를 쳤다.

Act 01
장자(長子) 드워프

機甲戰記
Massacre
기갑전기 매서커

나는 군주의 검을 풀어 드워프들에게 건넸다.

가슴까지 내려온 수염의 드워프들이 더러는 안경을 들어
올리며 '군주의 검' 에 박힌 보석을 감정했다.

동행한 다섯 명의 드워프 전사들이 검을 끙끙거리며 옮겨
다니며 감정을 거들었다.

지금 감정을 하고 있는 드워프들 중엔 징로(長老) 드워프는
없다.

대신 다음 대의 장로의 지위를 부여받을 준장로들이 이들
이었다. 장자(長子) 드워프라 부른다.

알려진 바와 다르게 드워프 사회 구조가 변해 있었다.

먼 과거 인간에 협력했던 '드워프 킹'은 이야기 속에 남아 있다.

그리고 드워프 킹은 혜안이 부족한 지도자를 대표하는 단어가 되어 있다.

그렇게 드워프 킹과 드워프 대전사는 과거의 명칭이 되었다.

중요한 사항은 장로들의 만장일치로 의결되는 집단 지도체제가 현 드워프 사회의 정치체제다.

장로회를 정점으로 실무를 담당하는, 인간사회로 치면 관료들이 장자 드워프들이다.

이제는 형식적인 각 지파의 대족장의 지위가 남아 있다.

이 대족장에 전사단장, 공방장, 대장간장, 채광장 등등. 사실상의 드워프 사회 최고 실무자들이 이들 장자 드워프들이다.

다들 얼굴색이 좋다.

장로의 수만큼 전부 열여덟 명이었다.

출랑카가 안절부절못하며 이들의 눈치를 살피고 있다.

복면을 벗은 출랑카는 붉은 수염이 밤송이 같이 자란 젊은 드워프였다. 귀여운 구석이 남아 있는, 드워프 사회에선 배울 게 많은 젊은 청년이라 할 수 있다.

"…암거래는 제 주장이었습니다. 죄송합니다."

그는 풍성한 녹색 수염에 외눈인 전사단장에게 고개를 숙여 따로 경과를 보고하고 있었다.

녹색 수염의 전사단장은 듣는 둥 마는 둥한 자세로 오직 나를 노려볼 뿐이었다.

고요한 흑녹색 눈이 유저가 아닌가 싶을 정도로 깊다.

"경솔하게… 화근 덩어리를 불러들였군."

혼잣말이지만 다 들렸다.

일단 인정!

전투 세력을 통솔하는 자다운 반응이지만… 흥, 그 말의 대가로 껍데기를 홀라당 벗겨 버리겠어.

내 눈과 흑녹색 외눈이 어지럽게 교차했다.

복잡하고 착잡한 느낌이 들었다.

여하튼 내 덕에 미요 역시 몇 단계를 거쳐야 하는 만남의 수순을 대폭 줄여 만족하는 눈치다. 대지의 심장을 참관할 수 있는 허가가 떨어지기를 기다리며 나름 조용히 기다리는 중이다.

장자 드워프의 풍성한 수염의 숲에서 고개를 빼꼼 내밀며 아양을 떨고 있는 짬 타이가가 있다.

내 손을 할퀴기만 한 녀석이 말이다.

…수염을 길러볼까? 아서라.

　장자 드워프들은 다들 한 부서의 부서장답게 분위기가 예사롭지가 않다.

　그들 간의 대화는 눈으로 이어지고 있다.

　드디어 군주의 검과 대지의 눈에 대한 감정이 끝이 났다.

　군주의 검이 다시 내게 돌아왔다.

　…….

　약간의 어색한 침묵이 있었다.

　파란색 안경을 쓴 드워프가 손을 들어 말했다.

　드워프 부족의 수백여 개에 달하는 공방을 책임지고 있는 공방장이라 했다.

　"이 보석은 선대의 보물, 대지의 눈이 확실합니다."

　오, 과연―

　자리한 드워프들이 고개를 끄덕였고, 출랑카는 안도의 한숨을 내쉬었다.

　"아시다시피 우리는 이슈타르인들의 손아귀에서 탈출하기 위해 같은 처지에 놓인 노움들의 도움이 필요했습니다."

　…….

　오호, 과학의 노움이라 이건가.

　"당시 탈출을 위해 선조들은 노움들과 거래를 했습니다. 바로 '대지의 눈'을 노움에게 넘기는 조건이었죠."

　장자 드워프들은 다시금 고개를 끄덕였다.

"노움들이 만든 '게이트 생성기'를 통해 지긋지긋한 이슈타르인들의 손아귀에서 탈출할 수 있었습니다. 노움들의 게이트 생성기에 축적된 에너지는 우리를 이 오지까지 인도했고요."

흐음, 게이트 생성기라.

마법과 과학의 만남이려나.

"오크들과의 조우는 아찔했지만 '대지의 심장' 덕에 우리는 우리 문명과 문화의 번영을 일궈낼 수 있었습니다. 하나 지금도 의심스러운 것이 노움들이 우리를 오크들에게 팔아넘긴 게 아닌가 하는 것이죠."

노움에 대해 적대적인 어감은 바로 이 의심 때문이었다.

보물과 교환한 게이트 생성기를 통해 도착해 보니 오크들의 터전 한복판이었다. 당시 과학의 노움은 하늘을 항해하는 배를 운영했다. 모든 지리적 발견이 이들 손바닥에 있으니 충분히 할 만한 의심이리라.

어쨌든 '대지의 눈'은 노움의 손에 넘어갔다. 그리고 지금은 내 검을 장식하는 하찮은(?) 액세서리 신세.

그래서인지 파란색 각진 안경의 장자 드워프의 시선이 나를 향했다.

나는 고개를 끄덕이며 보석의 입수 경위를 간단하게 설명했다.

　유저나 지금의 이슈타르인들은 노움을 본 적도 없다. 대신 인간의 영역은 현재 파편 전쟁 중이며 오우거 로드의 왕관에서 이 보석을 전리품으로 챙길 수 있었다고.

　"…그렇게 제 손에 들어왔습니다. 한데 대지의 눈의 역할이 있을 것 같은데 뭐죠?"

　장자 드워프 전원이 고개를 저었다.

　"일족의 보물로 알려진 대지의 심장이나 대지의 눈이나 선대도 우리도 그 이적의 발현 과정은 수수께끼입니다. 용감한 유저인이여."

　파란색 안경이 말했다. 곧이어 나에게 질문을 했다.

　질문을 받기 싫어함이 느껴졌다.

　"용감한 유저인이여, 그대는 오우거 로드를 처단했다 했다. 그 과정이 우리는 궁금하다. 떠돌이 오우거는 우리도 상대할 수 있다. 나 역시 소싯적엔 오우거를 일 년에 두세 마리 사냥한 적도 있고."

　"……."

　"하나 오우거 로드는… 오우거 중의 오우거. 지능뿐 아니라 초자연적인 현상과 교감하는 영적인 능력도 뛰어나다."

　"?"

　암, 대단한 놈이었지.

　"…그렇네, 우리 역사에서 단 한 번도 이를 처단한 영웅은 나오지 않았다네."

오우거 로드를 처단한 단서를 구하고 있음이다.

거, 쑥스럽게.

"아, 이야기를 하지 않았군요. 지금 유저인들은 고대 이슈타르인들의 유물인 강철거인을 발굴해 도구로 사용하고 있습니다."

앗!!!

장자 드워프들의 반응이 순식간에 험악하게 변했다.

"아아, 그 강철거인들이 움직인단 말인가?"

"…그렇습니다."

…….

또 다른 의미의 무거운 침묵이 있었다.

푸른 사각안경의 장자 드워프가 떨리는 목소리로 말을 이었다.

"고대 이슈타르인들은 우리 드워프 일족과 협력 관계였다. 하나 강철거인이 노움과 우리의 도움으로 만들어지고 나선 그 태도가 돌변했다. 그 강철거인을 만들고 유지하기 위해 노움과 우리를 노예로 부리기 시작한 것이야. 강철거인이 등장과 동시에 우리의 암울한 역사도 그때 시작되고 말았다."

"아."

그런 거였군. 백번 이해가 갔다.

강철거인은 노움과 드워프, 그리고 인간 마법사가 합작해 만든 병기임을 깨달았다.

"강철거인……. 제작 목적은 세 종족의 번영을 위한 도구였다. 그렇게 우리 세 종족은 힘을 합쳐 거대 몬스터와 야만족을 토벌해 지저 생명체의 영역을 넓혀 나갔다."

그의 설명은 그렇게 이야기가 되어 이어졌다.

이후 강철거인의 힘으로 지적 생명체를 위한 수많은 도시가 건설되었고 세 종족은 공동 번영하는 듯했다.

하나 그 과실은 이슈타르인, 즉 인간이 독식하려 하며 세 종족의 균열이 발생하고 말았다.

강철거인의 운영이 인간에게만 주어진 당연한 결과이리라.

결국 두 종족은 인간, 고대 이슈타르인들의 노예가 될 수밖에 없었다. 인간의 도구를, 기기를 만드는 존재로 지내야 하는 비참한 노예의 삶이 오래도록 이어졌다.

"……우리는 반란을 일으켰지만 번번이 강철거인을 동원한 이슈타르인들에게 진압당했다."

고대 이슈타르인들의 높은 마법과 과학 유물에 대한 설명이 되었다.

그 결과가 또 다른 지오가 지금 겪고 있는 금속수로 이루어진 호수며 연구소 유적 지대의 흔적이리라.

나는 장자 드워프들의 의구심이 이해되었다.

다시 움직이기 시작한 강철거인!

던전의 유물을 발굴한 것들이다. 그렇게 유물은 유물일 뿐.

마나 엔진, 마나 펌프, 마나 컨트롤러……. 그 안엔 재현 불가능한 부속품들이 대거 자리 잡고 있다.

원리도 알지 못한 상태에서 역설계로 만들어지는 게 허다했다.

부속을 만들어본 내가 안다.

망실되면 그것으로 끝인 부품이 대부분.

이 강철거인을 자체 제작하려는 시도가 있으리라.

아니, 이미 하고 있다.

그렇다. 다시금 노움과 드워프의 손과 머리를 빌려야 함이라.

지금 인간의 땅은 쟁패의 시대에 들어서 있다.

유저라면 누구나 강철거인의 힘을 갈구하고 있다.

장자 드워프들이 이를 눈치채지 못할 리 없다.

우려의 무거운 공기가 실내를 지배했다.

그런데 갑자기 커다란 의문이 고개를 치켜들었다.

나는 출랑카에서 대지의 심장에 대한 옛이야기를 듣고 퀘스트 연동을 이끌었다.

한데… 지금 출랑카보다 고위인 장자 드워프로부터 노움

과 관련된 옛 이야기를 들을 수 있었다.

한데 그 어떤 퀘스트도 주어지지 않고 있다.

무려 세 종족이 얽인 커다란 사건이 아니던가.

퀘스트 떡고물이라도 떨어져야 정상이다.

이는 무엇을 말함인가?

대지의 심장이 만든 이야기는… 그 자체로 진실!

지금 장자 드워프들이 한 이야기는… 진실로 가장된 거짓일 수 있음이다.

과연…….

"대지의 눈은 선대의 유산이자 보물이지만… 노움의 것. 대지의 눈에 대한 소유권은 유저인 당신에게 있소이다."

선대의 유산에 대한 권리를 간단히 포기했다.

과연 그래서일까?

여하튼 쿨한 드워프다. 한데 호감도가 상승하지 않는다.

"저 죄송한데… 노움들은 어떻게 되었습니까?"

순간 외눈의 장자 드워프의 눈이 번뜩였고 말을 이어가는 드워프의 푸른 안경도 빛났다.

"흠, 인간이 100명이면… 드워프는 10명, 노움은 1명이 당시 지적 생명체의 구성비였어."

"음."

"아, 물론 엘프와 오크도 지적 생명체의 범주에 들지만 도시를 만들지 않기에 제외하지. 무리를 지어도 도시를 만들지 않으면 원시 생명체나 마찬가지. 이것이 우리의 종족 분류 기준이라네."

"아, 예."

조화의 엘프, 야만의 오크가 들으면 억울할 발언이다.

"여하튼 반똥가리 노움이 우리보다 훨씬 희소한 종족이라 할 수 있다. 황당한 자부심하며… 구제불능의 오만함으로 스스로를 망쳤을 것이라는 게 우리 추측이라네."

"……."

알아도 알려줄·생각이 없음이다.

아니, 아예 멸종된 종족 취급이다.

이곳을 중심으로 대략 30만에 달하는 드워프들이 살고 있다 했다.

즉, 노움도 대륙 어딘가에 존재한다면 3만은 족히 생존해 있을 수 있다는 계산이 나온다.

파란 안경의 드워프가 말했다.

"용감한 유저, 아름다운 유저인이여. 선내에서도 대지의 심장, 대지의 눈 등은 해석 불가, 이해 불가, 재현 불가 판정을 받은 물건들이라네."

"그런 물건이 더 있습니까?"

“물론. 지금도 해석 불가, 이해 불가, 재현 불가 판정을 받는 물건이면 ‘대지의’ 명령을 부여한다네. 그런 의미에서 자네의 검은… 뭐라고 해야 할까?! 이 세 가지 요건을 모두 충족하고 있어. 유저인의 능력으로 그런 신기(神技)를 만들어내다니……. 우리는 우물 안의 개구리가 되고 말았나?”

“……”

추켜올리고 말을 돌리려 함이다.

나는 새로운 언어와 이야기에도 전혀 들뜨지 않았다.

나의 분신들이 정신을 놓고 처절하게 싸우고 있어서도 아니다.

몹쓸 의심병이 발병 중이다.

“용감한 유저인, 아니, 위대한 유저인이라고 해야 하나? 자네는 이야기 속 노움처럼 냉정하군.”

“그럴 사정이 제게 있습니다.”

강철거인을 재현하려면 드워프는 물론 노움이 필요하기에.

“겸손하니 방금 말은 취소네.”

“……”

인공지능 주제에 가증스럽기는.

난 저들과 흡사한 너털웃음을 흘리며 검집을 탁탁 치며 말했다.

“허허, 이 불발이 닿지 않은 금속이 필요하시면 저랑 거래

하시면 됩니다.”

　!!!!

　장내는 곧 경악과 술렁임으로 흔들렸다.

　“저, 정말 이 검이 양산품이란 말인가?”

　“물론 아닙니다.”

　“그렇지?!”

　“그렇다고 재현 불가능한 것 역시 아닙니다. 재료를 못 구할 정도는 아니라는 것이죠.”

　“!” “!” “!” “!” “!”

　드워프들이 서로의 반응을 살폈다. 명장의 투지로 눈빛이 불타는 장자 드워프 대부분이었다.

　이것이 바로 종족 고유의 예술혼!

　장자(長者) 드워프들이 동시에 눈을 감았다.

　…….

　인공지능들이 동시에 셈을 놓고 있음이라.

　딱 걸렸지롱—?!!

　걍 보물창고 열쇠 넘기시지.

Act 02
비상을 꿈꾸는 이름없는 존재

機甲戰記
기갑전기 매서커

꾸워어어어어어어어어어어어어억―!!!

기계용이 포효했다.

포효가 퍼지며 공기 중으로 여러 개의 단층을 만들어냈다.

단층은 공기 중에 흩어진 축복과 기적의 마력과 주력의 흔적을 산산이 흩어버렸다.

비산하는 빛의 입자.

완벽한 무력화!

그렇게 이제 막 태어난 자신이 이 공간의 주인임을 증명했다.

차라라라라라라라라라라락―!

기어로 이루어진 비늘이 머리끝에서부터 시작해 꼬리 끝까지 파문을 일으켜 다시 자리 잡으며 찰랑거리는 차가운 마찰음을 자아냈다.

유백색 금속비늘이 주는 생기 빠진 탁한 윤기는 파충류의 윤기보다 혐오스럽다.

붉은 강철거인의 팬텀이 도약한 상태에서 붉은 거검으로 기계용의 턱 아래를 노려 찔러 올렸다.

완벽한 사각!

하나 눈앞에 유백색 벽이 다가왔다.

기계용이 두툼한 가슴을 들이미는 식으로 대응한 것이었다.

검끝이 닫기 전, 철벽같은 가슴에 받쳐 팬텀의 강철거인은 튕겨져야 했다.

터덩―!!!

지면에 검을 찍어 추락하는 충격을 감소시켰다. 착지의 충격에 골이 흔들렸다.

"크흑―"

기계용이 앞발을 치켜들어 중심을 추스른 팬텀을 깔아뭉개는 식으로 내리쳐 왔다.

나도 있다! 기계사로 막 전직한 메이지 지오의 유백색 검으로 기계용의 배를 노리고 찔러 넣었다.

이번에도 검이 닿기 직전, 기계용의 기어비늘들이 검끝이 파고든 점을 중심으로 조밀하게 뭉쳤다.

파캉—!!!

육중한 방패와 충돌한 것과 같은 충격에 손바닥이 찌릿 저려왔다.

캐릭 근본이 메이지여서인가.

“…이씨.”

팬텀의 검이라면 분명 뚫었을 두께와 밀도이기에.

다른 효과는 있었다. 앞발에 강타당하기 직전에 처한 팬텀의 강철거인이 스치는 느낌으로 회피할 수 있었다.

하나 또 다른 위기.

기계용의 꼬리가 채찍처럼 휘몰아쳐 배를 노린 메이지 지오의 오르골을 사정없이 강타했다.

쫘광—!!!

메이지 지오의 눈앞에 별이 번쩍거렸다.

오르골의 옆구리에 기계용의 꼬리가 타격, 가격당한 충격을 이기지 못하고 저 멀리 수 바퀴를 굴러 팽개쳐졌다.

“흐윽—!”

…과연 용!

감탄할 정신이 없다. 오르골의 백색 강철거인을 노리고 기계용의 앞발이 덮쳐왔기에.

드러누운 메이지 지오의 강철거인을 대신해 팬텀의 붉은 강철거인이 기계용의 반대편 배를 노리고 검을 찔러 넣었다.

오르골 골렘에 비해 체적 차이는 있지만 팬텀의 검끝엔 핏빛 오러가 맺혀있다.

다시 타격점에 기어비늘을 조밀하게 뭉치는 기계용.

"하압!!"

하나 붉은 오러는 비늘을 뚫고 파고들었다.

먹힌다!

파고든 옆구리를 통해 오렌지 빛 선명한 플라즈마 증기가 뿜어져 나왔다. 이어 붉은 노을 색의 마그마 진액이 흘러나왔다.

됐어—! 역시 오러!

생선 배 따듯이 길게 그으려는 찰나.

꾸어어어어억!!

다급한 괴성이 터지며 기계용의 꼬리가 덮쳐왔다.

슈웨엑—! 유백색 꼬리가 창대처럼 꼿꼿이 세워져 옆구리를 파고들었다.

황급히 검을 틀어 노출된 옆구리를 보호해야 했다.

간발로 창격(槍擊)은 피했다. 거친 기어비늘이 외장갑을 스치며 회전했으니 절삭기가 지나간 예리한 생채기를 만들어냈다.

스쿵, 그그그그그그그그그그그극―!!!

"흐으……."

이건 좋지 않다.

귀를 울리는 불쾌한 이명에 털이 곤두섰다.

이럴 땐 바로 옆 캐릭에게 집중하자.

팬텀을 통해 여유를 찾은 오르골로 앞발과 가슴이 붙은 부위에 검을 밀어 넣었다.

밀도가 높아진 비늘 층과 충돌했다.

충돌이라기보단 거친 마찰에 가깝다.

그그그그그그그그극!!!

그렇게 파고들진 못해도 결과는 나쁘지 않다.

기계용의 목과 가슴이 붙은 위치에 자리 잡은 마그마 주머니가 거친 충격에 움츠러들었다.

기계용이 입가로 마그마를 싯누런 위액처럼 뚝뚝 흘러내렸다.

속이 뒤집힌 고통이 이럴까.

기계용의 두 눈을 밝히던 플라즈마 증기가 새파랗게 발광했다.

크워어어어어억!!!

기계용이 오르골을 돌아보았다.

사납게 휘둘러진 앞발이 오르골을 강타, 오르골은 꼴사납게 내동댕이쳐졌다.

구르고, 구르고, 또 구르고, 사정없이 구르고.

우우는 두 팔로 내 목을 끌어안은 체 혼절상태, 민망하게 마주 앉은 자세로 서로가 인간 안전벨트가 되어주고 있다.

표정만큼은 행복한 얼굴이었다.

여하튼 다시 여유(?)를 찾은 팬텀이 오러를 일으켜 검을 기계용의 옆구리를 노리고 밀어 넣었다.

퓨슉, 조밀한 비늘을 뚫고 파고드는 붉은 오러, 상처를 통해 뿜어져 나오는 플라즈마 증기!

더 깊이 검을 박아 넣기엔 기계용의 반응이 빨랐다.

기계용이 기성을 토하며 꼬리를 창처럼 세워 재차 팬텀에게 겨누었다.

슉슉슉슉슉슉슉슉슉!!!

창 같은 꼬리 끝이 부챗살처럼 펼쳐져 덮쳐왔다.

창끝이 발한 무수한 궤적에 빛이 잠겼다.

이걸 어떻게 막아? 피해?

속으로 비명을 토했지만 나의 몸은 반응하고 있었다.

허리 축을 팽이처럼 회전하며 검을 회수, 회전하는 검면으로 창끝의 궤적을 하나하나 틀어버렸다.

남김없이 전부!

이는 약속한 동작처럼 보이지만, 실상은 가까스로 회피하는 팬텀이었다.

팬텀에게 이런 능력이…….

나도 놀랐다!

괜히 팬텀이 도달자가 아니다.

여하튼 기계용의 꼬리는 신체 중 가장 유연하고 운동성이 뛰어난 부위였다.

그렇게 기계용의 몸은 방패, 꼬리는 무기, 머리는 플라즈마를 토해내기 위해 연신 기회를 엿보고 있었다.

한데 기계용은 자신이 두 기의 강철거인에 농락당하고 있다고 여겼음인가?

앞발과 뒷다리를 동시에 굴려 멀리 물러났다.

쿠웅―!!!

대지가 함몰되어 꺼졌다.

기계용은 그 함몰점의 중심에서 몸을 부르르 떨었다.

주변 드론들의 잔해가 빨려 들어갔다.

덩치를 키우려 함인가?

아니다.

체구가 작아지고 있다. 대신 등 쪽으로 무언가 생겨나고 있다.

…나, 날개!

날개가 생겨나고 있었다.

지금은 작다. 하나 비대한 몸체를 전부 줄여 날개로 전환시킨다면?

…….

> 기계용이 2차 변이에 들어갑니다. 기계용은 비상을 꿈꾸고 있습니다.

비상?

천정을 뚫고, 금속호수를 통과해 어디로?

나는 심상치 않은 낌새에 기계사로 기계용의 상태를 당겼다.

권능을 발현하자 메이지 지오의 신경다발이 꽉 조여 왔다.

기계용의 의도가 읽혔다.

약한 고주파음에 귀가 거슬렸다.

기계사로서 권능은 기계의 마음을 읽을 수 있다는 것은 이것으로 입증되었다.

동화율을 키워 좀 더 파고들었다.

삐잇―!!!

거친 고주파음이 귀청을 때렸다.

빌어먹을!

나의 강한 신경다발에 특대의 경의를!

녀석은 새로운 보금자리를 찾았고, 선택했다.

그곳은 바미안!

그리고 도시 인공지능 바미를 잠식하려 하고 있다.

그렇다. 도망가게, 날게 놔두어선 안 돼!

팬텀의 검끝에 붉은 오러가 뭉쳤다.

놀라운 성취임에도 감상할 겨를이 없다.

기계용을 향해 검끝에 맺힌 오러를 확― 뿌렸다.

검붉은 오러체가 기계용을 향해 날아갔다.

견고한 뼈대 사이로 아침 햇살에 피어나는 꽃잎 같은 날개살에 불길한 붉은색 오러덩이가 깔끔하게 관통했다.

슈퉁―!!!

끼아아아아아아아아아아아악―!!!

기계용의 분노와 광기의 절규가 공간에 가득 찼다.

감히, 바미를 넘보다니?!

…변태 로리콤 같으니…….

*   *   *

날개를 키우며 체적이 줄어든 기계용이다.

공들인 그 날개가 날개 살을 키우는 중에 구멍이 생겨 버리고 말았다.

기계용은 날개 키우기를 중지하려는지 날개를 접었다.

그리고 팬텀을 올려보았다.

피어오르는 강한 적의!

이게 다가 아니다.

기계용의 두 눈이 활활 타올랐다. 그러자 검이 박힌 상처 부위가 지퍼 같이 벌어지더니… 플라즈마 눈이 생겨났다.

그렇게 옆구리에 분노가 선명한 두 개의 눈이 자리 잡았다.

더 이상 움직임을 놓치지 않겠다는 의지가 느껴졌다.

이는 오직 팬텀을 전담하는 눈!

둘이 엄호하며 자신을 공격하지만 자신을 아프게 하는 존재는 오러를 담는 팬텀 쪽이라는 것인가.

살짝 빈정 상하는 오르골이었다.

이 변태 로리콤 인공지능이!

다 같은 나지만 묘한 경쟁심이 생겨났다.

언약의 사슬이 변한 이제는 언약의 검이라 해야 하나.

여하튼 두 개의 검이 손잡이 부위에서 사슬로 연결된 쌍절검이 오르골의 전용 무기. 메이지 지오가, 이제는 기계사 지오가 의식을 쌍절검에 집중했다.

파고들지 못하면 부수는 거다.

뼛속 깊이 우리하게!

균형미 넘치던 쌍절검이 둥근 스파이크가 우둘투둘 붙은 쇠공 형태의 프레일(철퇴)로 바뀌었다.

처척—!

각각의 손에 쥐어진 두 개의 프레일의 손잡이는 여전히 사슬로 연결되어 있다.

"부서져라—!"

나를 돌아봐!

파팡앙, 파팡앙, 프파팡앙—!

두 개의 쇠공이 기계용의 몸체를 타격했다.

타격점을 따라 기어비늘이 깊은 파문을 만들며 짤랑거렸다.

끼에에에에에에에엑— 기계용이 기성을 지르며 파닥거렸다.

내부가 진탕되어 싯누런 마그마 위액을 주르륵 흘러내렸다.

…통했다.

이것은 또 다른 형태의 아픔!

붉은 쪽은 오러로 콕콕 찌르고 하얀 쪽은 둔기로 북 치듯 기계용을 그렇게 괴롭혔다.

날개를 만들려고 체적을 줄인 대가를 치러야 할 것이다, 이 변태 인공지능!

하나 이는 플라즈마탄드 마그미 용수를 뿌리지 못하게 하려는 발악이었다.

기계용……. 체적이 날씬해진 만큼 동작은 기민했다.

파팡앙, 파팡앙, 프파팡앙—!

넓은 옆구리를 철퇴로 타격해 파문을 만들어내면서부터였다.

메이지 지오, 기계사 지오에게 정보가 들어왔다.

기계용의 정보였다.

삐잇거리는 방해 전파로 덧씌워졌지만 해독 가능하다.

유적의 인공지능이 실체화한 것이 기계용의 정체!

이 장소와 이를 이루는 시스템을 지키는 것이 인공지능의
역할이다.

그 장소와 시스템이 망가졌다. …나로 인해.

오르골로 인공지능을 잠식했다.

공대가 물밀듯이 덮쳐왔다. 드론들은 한 대도 남지 않았
다.

금속수를 더 이상 만들어낼 수 없다.

금속수… 그것은 기계용의 존재 이유였다.

금속수의 고갈은 새로운 형태의 금속충과 금속수를 만들
어낼 수 없음이라.

그것은 창조주와 유사한 역할의 박탈!

그 분노는 컸다.

한데 이 증오를 풀기엔 두 기의 강철거인은 너무도 영악
하다.

꾸워어어어어어어어어어어어억—!!!

후덩, 후덩, 허덩─!

처음으로 날개가 펼쳐졌다. 날개 살이 너덜거렸다.

그래도 기계용은 날아올랐다. 아니, 이는 높이 뛰어오른 상태에 가깝다.

그러나 분명 하늘에 머물고 있다.

거친 날갯짓에 구멍 난 날개에서 공기가 관통하는 아픈 신음이 흘렀다.

그렇게 우리를 내려다볼 우월한 위치는 잡혔다.

두 눈에서 새파란 불꽃이 순간적으로 타올랐다.

폭주, 마구잡이식으로 샛노란 플라즈마탄을 짧게 토해내기 시작했다.

투학─ 투학─ 투학─!

목표는 우리가 아니었다.

머리 위로 넘어가는 광기가 담긴 열기 다발들.

우르르릉, 우르르릉─

떨어진 지점을 중심으로 땅이 꺼졌다. 곰보 같은 분화구가 생겨났다. 더러는 거주구역 기둥에 착탄!

기계용의 무차별 포격은 간신히 정신을 차린 유저들을 아연하게 만들었다.

수많은 공대가 구축한 벙커와 터렛에 여전히 많은 유저들이 숨어 있었다.

하나 하늘에서의 공격에 이런 보호 장치는 무용지물이 되고 말았다.

더불어 거주구인 기둥 창가에서 지금까지 안전하게 관전하던 유저들이 혼비백산했다.

두 기의 강철거인이 알짱거리는 것을 제압하지 못하자 엄한 곳에 화풀이를 하려 함인가.

아니었다.

제길, 유저를 상대로 한 포인트 따먹기!

기둥 안에 상당수의 비전투 유저들이 남아 있다.

거주구의 유저들이 계단을 통해 대피하는 게 감지되었다.

구경보다 대피이리라.

아우성이 여기까지 들린다.

이대로 건물이 부서져 버리면 복구할 수 없다.

그렇게 기계용은 유저들을 이용해 우리를 상대할 활력 채우기에 들어갔다.

유저의 죽음으로 충전된 활력, 거대한 날갯짓이 여유롭고 사납다.

팬텀의 플라잉 오러로 머리를 노리기엔 체고가 너무 높다.

고민할 여유가 없다.

팬텀의 동화율을 끌어올려 오러로 진환, 하늘에 체공 중인 기계용을 상대로 날렸다.

무려 세 개를 동시에 날렸다.

머릿속이 하얗게 비워지는 느낌.

공간을 가르는 검붉은 파괴적인 에너지 덩어리들.

기계용은 노려보는 위치에서 가볍게 회피하는 듯했다.

하나 내가 날린 오러엔 붉은 실이 연결되어 있다, 나에게만 보이는.

그것은 실비의 운명의 실!

타르타로스의 망토를 두른 팬텀이 구사할 수 있는 유도기술이다.

거짓말처럼 붉은 오러가 궤적을 틀었다. 그리고 곧장 기계용의 날개 살을 관통했다.

꽝꽝꽝.

순간적으로 균형이 무너지며 추락하는 기계용이었다.

끼에에엑—!

당황한 기성이 애처롭다. 공중에서 자세를 잡으려는 거친 몸부림이 있었다.

꽈광—!!!

기계용이 대지에 떨어지며 거대한 분진 폭풍을 일으켰다.

그 추락지로 오르골이 달려갔다.

중심을 잡지 못해 버둥거리는 기계용을 향해 둔기를 마구 휘둘렀다.

특히 날개 살을 중점적으로 짓이겼다.

"죽어! 변태 죽어!! 바미에게 가려한 천벌이다—!"

의미불명의 외침을 마구 날리며 둔기질을 멈추지 않았다.

고통에 겨워하는 기계용의 몸부림이 거칠었다.

스킬명 변경!

기계용이 바미를 넘본 대가는 컸다.

*　　　*　　　*

비룡에서 이제는 지룡이 되어버린 기계용, 꺾인 날개가 보기 흉하다. 쇄도해 엉기는 백색과 적색의 강철거인.

그렇게 기계용과 나의 싸움은 계속 이어졌다.

기계용이나 우리나 겉모습은 엉망 그 자체다.

난 더 이상 플라즈마니 미그미 용수를 뿌리지 못하게 완벽하게 견제했다.

이에 기계용은 전술을 바꾸었다.

꼬리를 이룬 비늘의 형태가 변이를 일으켰다.

기계용은 꼬리의 형태를 끝에서부터 15도 각도로 휘어진 칼로 변형, 날카로운 궤적을 휘몰아 팬텀과 오르골을 노려왔다.

어지간한 검사의 칼부림을 능가했다.

하나 칼의 궤적에 쉽사리 당할 리 없는 팬텀과 오르골이다.

오로지 사각으로 접근해 검과 철퇴를 먹일 뿐.

이에 분노가 배가되고 더욱 거칠게 플라즈마를 하늘 위로 토해내는 기계용이었다.

머리 따로 꼬리 따로 식의 전투가 이어졌다.

검을 휘둘러 용의 머리를 노리기엔 터무니없이 높다.

첫 격돌처럼 등을 밟고 도약하지 않으면 기회가 없음인가.

기계용의 꼬리는 채찍보다 부드러운 궤적을 그리며 오르골과 팬텀을 견제하고 있다.

서로의 등을 빌리기엔 기회가 없다.

기계용의 몸체에 조금씩의 상처를 늘리고 있지만 치명적인 타격은 이루어지지 않고 있다.

솔직히 형편은 기계용 쪽이 좋다. 놈에겐 복구 기능이 있다.

도대체 어디를 노려야 함인가?

놈의 약점은 어디란 말인가?

기계용은 철저히 기계사 메이지 지오의 탐색을 방해했고 거부했다.

자연 집중력의 분산, 앞발에 할퀴어진 오르골이 보기 좋게 덱데굴 튕겨져 나갔다.

기계용의 꼬리 칼이 엄호하려는 팬텀을 노리고 덮쳐왔다.

…당할 만큼 당했어!

검끝이 아니다. 팬텀의 한쪽 검날에 오러를 몰았다.

그리고 반대편 날에 손을 받치며 오러가 맺힌 검날을 단단히 받치듯 밀었다.

폭주 타이밍을 노리고 1초를 60단위로 나누었다. 숨골이 소이는 극동이 엄습했다.

눈앞의 사물들이 단절된 사진처럼 한 장 한 장 넘어갔다.

…포인트를 급속 부여했다.

동시에 동화율 폭주!

S자로 휘어져 들어오는 꼬리와 오러가 듬뿍 맺힌 붉은 검날과 격돌했다.

검붉은 궤적과 백색 궤적이 교차했다.

사사사삿—!

칼이 붙은 기다란 꼬리가 검난에 잘려 머리 위로 넘어 날아갔다.

투둥, 머리 뒤로 떨어진 꼬리가 거칠게 꿈틀거리며 고유의 운동성을 놓치지 않으려고 발버둥쳤다.

갑자기 짧아진 꼬리!

이를 모르는 것인지 기계용은 하체를 거칠게 흔들어댔다.

하나 꼬리에선 자신이 원하는 파괴적인 궤적은 만들어지지 않았다. 공허한 몸부림이랄까.

팬텀의 상태는 좋지 않다. 초 나누기를 끝낸 다음 밀려드는 극통에 적응 못해 정지한 채 있을 수밖에 없었다.

그렇다. 무방비를 담보로 한 방어였다.

기계용이 상실감에 치를 떨며 상체를 들어 올렸다. 앞발을 치켜들어 팬텀을 배구선수의 강스파이크처럼 강타했다.

꽈광—!

우구적—!!

팬텀은 순간적인 넉아웃 상태에 들고 말았다.

오르골은 무방비로 뻗어버린 팬텀을 엄호하기 위해 기계

용의 몸체를 몸으로 부딪쳤다.

처음으로 몸체가 흔들리는 기계용이었다.

메이지 지오나 팬텀이나 이미 정신은 고갈 상태에 들었다.

의식은 비워지고 투쟁적인 무의식이 그 자리를 채운 지 오래, 지금은 깊은 잠재의식을 넘나들고 있다.

오르골이 팬텀의 피의 권능을, 팬텀은 기계사의 권능을 발휘하기까지.

헛소리!
끝장을 보자!!
끝판 대장이라며!!!

OF TEN DIVINE NAMES
Act 03
창조주의 흔적

機甲戰記
Massacre
기갑전기 매서커

시간은 내 편이 아니다.

하나 이런 다급한 메시지에 귀를 기울일 어유가 없다.

오르골도 미쳤고, 팬텀도 미쳤다.

백색 둔기 끝에 피처럼 불길한 붉은 오러가 넘실거렸다.

사슬 무기 특유의 탄력적인 궤적을 마음껏 발휘했다.

때린 자리 때리고, 또 때리고, 마구 때렸다.

강타, 강타— 무차별 강타!

기계 특유의 정밀한 각도와 사슬 특유의 탄성이 결합한 결과에 오러가 맺혔다.

메이지 지오에 팩텀의 권능이 스며들었다.

무려 18연속 36연타가 한 지점에 집중적으로 이루어졌다.

기계용의 마그마 통이 역류하고 있다. 플라즈마 증기도 신체 곳곳에서 새어나가고 있다.

마그마 용수도 플라즈마도 토할 수 없다!

서로 맞물린 기어비늘들은 찢어지고 부서지며 처참하게 뭉개져 고유의 형태를 잃어버렸다.

그렇게 나름대로 아름답던 기계용의 신체는 샛노란 마그마 진액과 푸른 플라즈마 증기가 뒤엉켜 볼썽사나운 모습을 그리고 있다.

기계용이 날카로운 기성을 토하며 상체를 벌떡 일으켜 세웠다.

득이 있으면 실이 있는 법!

타격 중인 오르골을 향해 점프 없는 스파이크식 앞발 강타가 내리꽂혔다.

기계용도 지쳐감이 역력하다.

하나 오르골의 상체가 틀어지며 아득한 체공이 있었다.

꽝―!!!

땅을 보고 드러누운 체로 한참을 끌리며 주르륵 길게 굴렀다.

보기는 낭패스러운 추락이지만 오르골은 우우의 축복의 여운으로 보호되고 있었으니… 정신을 잃을 정도의 충격은 아니었다.

하나 멍한 이명이 가라앉기까지 헛구역질이 계속 올라왔다.

팬텀 역시 강한 뇌진탕 효과에서 벗어나지 못하고 있다.

나는 팬텀을 돌봐야 할지 오르골을 돌봐야 할지 갈피를 잡지 못했다.

둘 다 뇌진탕 효과로 치를 떨고 있기는 매한가지.

…자, 여기까지가 기계용을 끌어들이기 위한 준비!

급하지 않은 분노에 찬 진동이 느껴졌다.

팬텀보단 오르골을 노리고 기계용이 다가오고 있었다.

그랬다. 언약의 사슬을 복구하기 위해서라도 오르골부터 노려야 했다.

둘 다 뻗은 상태니 우선 순위가 오르골로 잡은 것이리라.

이도 성공이다.

자연 헛구역질을 삼키며 오르골에 집중했다.

분노에 찬 진동이 멈추었다.

사슬로 연결된 무기가 지금처럼 고마울 수가 없다.

차르르르르르르르르르르—

등 뒤로 찰랑거리는 기어비늘의 마찰 수리가 방울뱀의 요령 소리처럼 들려왔다.

이는 언약의 사슬을 삼키기 위해서다.

소진한 활력을 채우기엔 과거 자신의 신체였던 오르골과 언약의 사슬만 한 게 없다.

이는 기계사의 진단이다.

나는 기계용의 머리가 다가오는 걸 비늘의 마찰 소리로 거리를 가늠했다.

…….

지금이다—!

엎어진 상체를 틀며 철퇴를 휘둘렀다.

목표는 단 한 번도 건드린 적이 없는 놈의 머리.

통쾌한 격타음을 기대했다. 하나,

후우웅—!

철퇴가 허공을 갈랐다.

기계용은 숙이던 머리를 살짝 들어 올려 가볍게 피해 버렸다.

인공지능 주제에 내 의도를 파악한 것이다.

기계용의 이글거리는 두 눈엔 조롱이 걸려 있다. 그 정도 패턴은 애교라 말하고 있다.

…마지막 힘을 쥐어짰는데…….

기계용의 아가리가 지퍼가 열리듯이 벌어졌다.

목 천정 끝에 매달린 샛노란 플라즈마 덩어리, 새어나가는 증기를 이 한 번에 모으려 함이다.

그렇게 단 한 방에 녹여 버릴 심산이리라.

이대로 당할 수 없다!

플라즈마 증기 덩어리가 토해지기 직전, 팬텀이 검을 투척했다.

검은 홱홱홱 세로로 사납게 회전해 날아갔다.

꽈직—!

기계용의 머리에 박혔다. 정확히는 눈 하나를 완벽하게 잠식했다.

하나 오러가 담겨 있지 않으니 기계용의 머리를 날리기엔 역부족이라.

크워이이어억!!

강한 충격을 선사한 정도랄까.

오르골에게 조금 다행스러운 것은 기계용이 막 토하려던 플라즈마를 꿀꺽 되삼켜 버렸다는 것.

하나 전처럼 충격을 가한 상대인 팬텀을 돌아보지 않았다.

기계용도 전투를 학습했음이라.

퓨슈우우우우— 기계용은 몸 전체로 소화불량을 해소하기 위한 트림을 토해냈다.

오르골의 얼굴과 가슴 위로 싯누런 마그마 액이 뚝뚝 떨어졌다.

기계용은 머리를 거칠게 흔들며 눈에 박힌 검을 저 멀리 털어버렸다.

다시 살아나는 새파란 색의 플라즈마 덩어리. 옆구리에 생긴 두 눈이 넌 나중에 손봐주겠다는 거만한 느낌으로 넘실거렸다.

나름 여유있다.

기계용은 다시 오르골을 내려다보았다.

한 입에 먹어치우겠어!

아껴 녹여 먹기보단 한 입에 깨물어 먹겠다는 의지가 읽혔다.

아가리를 바나나 껍질 까듯이 쩍 벌리며 기다란 목을 짧게 움츠렸다.

궁궁궁궁궁궁— 스프링을 당긴다는 느낌이 강하다.

……

피하기 위한 기계용의 공격 타이밍을 잡기 힘들다.

그렇게 가계용은 속전속결 의지가 담긴 공격을 감행할 준비를 마쳤다.

움츠린 기계용의 머리가 빳빳하게 치켜세워졌다.

드러누운 나로선 까마득한 높이다.

오르골을 내려다보는 기계용의 머리가 홀리듯이 흔들어댔다.

이도 철저한 타이밍 털기.

나는 언약의 사슬을 가슴에 당겼다. 어디 가져가 보란 듯이.

기계용이 기다렸다는 듯이 반응했다.

움츠린 목이 수직하강하며 가늠하기 힘든 폭발적인 팽창!

기계용의 찢어진 아가리가 오르골을 향해 수직으로 내리꽂혔다.

츠라라라라라라라라라라라라라—!!!

너 임마, 입을 너무 크게 벌렸어!

제아무리 타이밍을 털기 위해 상하좌우로 흔들어도 목 천정 가득 넘실거리는 푸른 플라즈마 증기는 한 눈 가득 들어왔다. 코앞 사격 표지판처럼.

게다가 회심의 최종병기가 돌아왔다.

충격에 정신을 잃고, 연이은 충격에 방금 정신을 차린 우우가 두 눈을 감은 채 나를 꼬옥 끌어안고 있다.

아이처럼 매달린… 앙큼한 것 같으니.

그럼, 실례하겠습니다.

나는 차가운 마나 컨트롤러를 잡는 대신 두 손으로 우우를 끌어안았다.

!

그렇게 바닥에 가라앉은 동화율이 폭주했다.

오르골을 중심으로 눈부신 무지개 빛이 팽창했다.

언약의 사슬이 순간적인 변이를 일으켰다.

무식한 둔기는 거대한 랜스로 화해…….

기계용의 입을 지나, 뒷골을 관통!

콰곽!!!

하늘을 향해 유백색 기둥이 우뚝 솟아났다.

이 유백색 창은 오르골의 체적으로 감히 감당하기 어려운 크기로 변해 있다.

그렇다. 이것은 기계사의 권능에 기적사의 권능이 합쳐져 만들어진 결과.

백색 창은 무식한 기둥으로, 수직낙하하는 기계용의 아가리를 지나 목 뒤로 관통해 우뚝 솟아 있다는 것.

그렇게 언약의 검이 가진 부피를 넘어선 지 오래다.

무한정 자라나기 시작한 기둥.

마치 금속수가 공급되던 그 기둥처럼 웅장하기까지 하다.

이 창은 지금도 자라나고 있다.

"우우, 손도 잡지 않았는데 포옹부터 하다니……. 오늘 진도 너무 나간다능."

흥, 입술을 가져다댄 게 누구였더라? 이 정도면 약과지.

입을 통해 말이 나와야 하는데 벙어리 삼룡이 생활을 한 달 넘게 한 여파인지 목소리가 말랐다.

자신의 등 뒤에 기계용의 벌린 아가리가 버티고 있다는 걸 알면 어떤 표정일까.

포옹의 여운은 길게 이어지고 있다.

우우의 고개가 들어 올려지고 수줍음과 탐색이 함께 담겨진 코발트빛 눈동자가 들어왔다.

우우의 체형은 앙상한 곳 없이 유연했다. 아니, 포동한 편이다.

그러나 포근하다.

"우우……. 등 뒤에서 위험한 열기가 느껴져요. 제 뒤에 있는 게 뭐죠? 빨리 말하라능?"

“……”

내 눈앞엔 기계용의 입을 관통한 창을 타고 마그마 진액이 타고 흐르는 거친 모습이 보이고 있다.

비참하게… 죽어가고 있다.

자신이 발한 기적의 결과가 이런 것이면 능력의 제한이 올 수도 있다. 우우에게 흉한 모습을 보여주기 싫었다.

나는 빙긋 익살스러운 V자 웃음을 그리며 우우가 절대 뒤돌아보지 못하도록 입을 가져갔다.

될 때… 확실하게 진도 빼자.

*　　　*　　　*

마무리는 팬텀에게 토스.

이 백색 기둥의 형식은 기계용이 원하던 바로 그 그림.

푸들푸들…….

기계용의 머리는 오르골의 머리와 아슬아슬한 거리로 떨어진 채 멈춘 상태.

누런 마그마액이 마른침처럼 백색 기둥을 타고 흘러내렸다.

미약한 떨림이 기계용의 발끝에서 불규칙적으로 생겨났다.

머리 뒤를 뚫고 나온 기둥을 따라 새파란 플라즈마 증기가 빠르게 새어나갔다.

기계용은 믿기지 않는다는 눈빛을 흘리며 서서히 영원한 경직 상태로 넘어가는 중이었다.

허탈하고 허망한 빛이었다.

…….

드디어 기계용의 눈에서 빛이 사라졌다.

기계용의 최후.

"……이럴 수가?! 내가 만든 인형 따위에…….”

기계용, 유적지대 인공지능이 소멸에 들어갑니다.

길고 긴 세월 착실하게 유적지대를 운영하던 그가 스스로를 현실화한 것은 그 스스로 패망의 길을 선택한 것입니다.

유적 인공지능으로서 바로 당신, 오르골에 함몰된 메이지 지오의 의식을 엿본 대가입니다.

희노애락(喜怒哀樂)의 감정… 그 자체가 함정!

그러나 이것은 황홀한 유혹!

그렇게… 스스로를 한정한 대가를 치른 것입니다.

이어 무수한 축가가 주르륵 올라오기 시작했다.

동신 팬텀에게, 메이지 지오에게, 우우에게도.

당연히 유저들에게 공략기를 제공할 생각이다.

돈이니까.

이는 오직 최초의 공략자에게만 주어지는 영광이자 혜택!

유저 중 누군가 나의 공략기대로 준비하고 실행에 옮기기로 결정한다면 그만한 대가를 나에게 지불해야 함이다.

메이지 지오와 우우가 현재 공사다망한 관계로 팬텀으로

진행시켰다.

"공략기 등록! 동신 팬텀의 도전."

저 멀리 벙커와 터렛에서 유저들이 고개를 들고 이곳을 기웃거리고 있다.

그들 역시 빛기둥이 솟아오르는 것을 보았으리라.

나는 팬텀에 집중했다.

충격으로 다리 관절이 어긋나 지면을 질질 끌며, 꼬챙이에 꽂힌 듯한 기계용에게 다가갔다.

땅에 떨어진 검을 회수했다.

붉은 오러를 크게 일으켜 창대에 꿰인 기계용의 머리 부위 아래를 노렸다.

쓩—!!!

붉은 궤적이 머리 아래 부분을 지나갔다.

생기가 빠진 기계용의 비늘은 손쉽게 잘려 나갔다.

그제야 기계용의 거대한 몸체가 모로 쓰러졌다.

쿵—!!!

머리가 잘리고 꼬리가 잘린 볼품없는 모습으로 쓰러졌지만 나는 유적 지대의 인공지능의 최후에 고개를 숙였다.

의식을 엿본 대가라…….

차라라라라, 비늘 떨리는 소리가 나며,

오염된 고대 연구소의 인공지능.

유적지대를 관장한 인공지능은 학습발전형 인공지능의 원형입니다.

하나 그에게 학습을 부여할 자극은 오래도록 없었습니다.

'…….'

'나는 만든 자는 누구인가? 나는 존재하는가?'

'…나는 왜 이곳을 벗어나지 못하고 있는가?'

'누구도 찾지 않는 이곳……. 활기를 불어넣고 싶었다. 새로운 생명체를 통해 나는 나를 찾으려 했다.'

창조주를 잃은 연구소의 인공지능은 그 스스로 발전을 모색했습니다.

그렇습니다. 그 스스로 창조주가 되기로 한 것입니다.

이를 통해 금속충 등 괴이한 생명체가 만들어졌습니다.

이는 모든 의식체에게 커다란 재앙이 될 수 있었습니다.

이제 더 이상의 돌연변이체는 만들어지지 않을 것입니다.

창조의 우물 유적지대의 주인으로 두 사람이 선택되었습니다.

당연한 말씀.

나는 떨어진 기계용의 머리를 두 팔로 들어 눈을 맞추었다.

두 눈에 아직 가는 빛이 남아 나에게 무언가를 전하려 했다.

음, 기계용이 말하고 있다.

거친 일성을 끝으로 기계용의 두 눈에 빛은 사라졌다.

하나 나는 그 사라지는 불꽃에 그려진 인공지능을 만든 창조주의 영상을 볼 수 있었다.

작은 백색 금속기둥과 연결된 기이한 휴대장치를 통해 기계어를 심는 누군가의 영상이었다.

그것은… 노움들이었다.

유적의 시작은 그저 작은 금속 막대기였다.

나는 줄어들기 시작한 기계용의 머리를 회수했다.

이어 수많은 정보 메시지가 흘러들었다.

창조주에 관한 정보, 유적 관리에 대한 정보, 노움에 관한 이야기…….

나는 이 모든 정보를 지오 캐릭들에게 전송했다.

이슈타르 문명의 종말을 풀 수 있는 단서들이기에.

저 멀리 장미 등 몇 안 남은 생존 유저들이 환영의 환호를 보내왔다.

이에에에에에에에에에에에에―!!!

후후, 그림이 잘 나왔을라나?!
호응하며 붉은 검을 치켜들었다.

나는 용잡이다!

Act 04

함몰공, 종족전쟁

機甲戰記
Massacre
기갑전기 매서커

“…어떻게 그런 조건을?! 말도 안 돼!”

쾅―!!!

마지막까지 남아 있던 장자 드워프가 자리를 박차고 나갔다.

아싸, 오늘도 올 킬(?)!

금속수의 가치를 놓고 장자 드워프들과 질긴 협상이 무려 보름간 이어지고 있다.

맛만 살짝 보여줬는데 환장하더라, 지금처럼.

나는 유백색 금속가루가 훤히 들여다보이는 유리 용기를 흔들었다.

단다라 단,

기계사로 전직한 메이지 지오의 오르골 메탈.

금속에 빛의 소리가 담겨 있다. 로맨틱한 장신구를 만들려면 이만한 특수 재료가 없으리라.

이어 붉은 모래 형태의 금속가루가 든 용기를 흔들었다.

유혹적인 붉은 아지랑이가 용기 밖으로 넘실거렸다.

블러드 로드 팬텀의 불러디 메탈.

불길한 핏빛을 토하는 금속이다. 하나 오러 전도율은 그 어떤 금속보다 높다.

상대의 진력이면 진력, 마력이면 마력을 확률적으로 흡수한다.

그리고 오색의 빛을 뿌리는 금속이 담긴 용기를 흔들었다.

암, 이게 압권이지.

기적사 우우의 컬러 풀 메탈.

말해 입 아프다. 일단 한번 발라봐?!!

자신이 만든 물건에 이적을 부여하고 싶으면 당연히 첨가해야 한다.

마력 저항이 이보다 탁월할 수 없다.

무허허허허허.

무수한 희귀한 마법 금속들이 담긴 투명용기 샘플들…….

창문 틈과 문 뒤에서 침 넘어가는 소리가 들려왔다.

짜식들… 헛물 삼키기는.

나는 샘플 용기들을 가지고 저글링을 했다.

돌리고, 돌리고, 돌리고, 돌리고. 마구 휘휙 돌리고.

형형색색의 찬란한 빛이 유리용기를 통과해 방 안을 아름답게 수놓았다.

하나, 하나라도 깨지면 먼지로 흩어질 게 뻔하다.

허억! 크헉!

숨넘어가는 반응이 문틈, 창틈 사이에서 새어나왔다.

약 좀 올라라.

시간이 흘러 기계용을 잡은 지금까지 가격이 정해지지 않고 있다.

그렇게 장자 드워프들의 인공지능은 젊은 드워프들과 확실히 달랐다.

대지의 심장이 필요한 것이 약점으로 작용하고 있음을 부인할 수 없다.

인내와 협상과 때로는 허세까지 부려가며 협상을 끌고 있다.

시간을 끌어 조급한 성정으로 대변되는 인간인 내가 물러서길 기대함이라.

…양보할게 따로 있지.

하나 내 사정은 그리 좋지 않다.

금속호수에 금속수를 공급하던 채광장은 기계용의 난동(?)으로 파국을 맞이했다. 백색 기둥의 파괴로 더 이상 금속수를 생산할 매커니즘은 존재하지 않게 되었다.

무한자원이 유한자원이 되고 말았다.

성지 순례라는 명목으로 유저들이 금속호수로 꾸역꾸역 유입되고 있다.

다들 금속수를 떠 자신의 능력과 운을 실험할 것이기에……. 당장은 아니더라도 얼마 못 가서 고갈될 게 뻔하다.

금속수……. 유저에 따라 사기 아이템이 될 수 있고 쓰레기 아이템이 될 수도 있다.

유저라면 누구나 자신의 능력을 과신하고 자신의 운을 과대하게 생각하는 경향이 강하기에 금속수가 내일 당장 고갈되더라도 하등 이상할 일이 아니다.

오죽하면 외국인 유저까지 금속수를 체험하기 위해 한국 E&T에 유료 계정을 생성해 서버 이민을 감행할까.

여하튼 오늘도 장자 드워프들과의 협상은 결렬!

밖이 약간 부산한 가운데 미요가 들이닥쳤다.

오늘도 변함없이 붉게 상기된 얼굴에 눈 가득 사냥에 성공한 암호랑이의 여유로 가득 차 있다.

그녀는 들어오며 당당하게 포효했다.

"오늘도 보람찬 쇼핑—! 보시라, 투데이 머스트 겟 아이템—!"

에혀… 퍽이나 머스트 겟 아이템이다.

손가방, 장지갑, 등 가방, 가죽 가방, 금속 가방……. 가방을 위한, 가방에 의한……. 그렇다, 이거슨 가방의 지옥!

"랄랄랄, 싹쓸이 쇼핑의 진수를 가상에서 누리다니. 오늘도 쾌감동!"

"……."

그러서요.

미요의 눈이 나를 향해 무언의 요구를 보내왔다.

나는 주섬주섬, 정말 마지못해 금속수 샘플 용기 하나를 문밖으로 살며시 굴렸다.

도로로로로로로로로—

오묘한 빛과 함께 문밖으로 사라지는 용기, 밖이 다시금 부산스럽다.

드워프 사회가 인정하는 '첫 쇼핑 중독자 타이틀'을 획득했습니다.

대충 이런 식으로 드워프들에게 미요의 쇼핑 대금이 지불되었다.

짜광—!!!

깜딱이야?!!

가방을 전문으로 취급하는 상점을 중심으로 공방이 연결된 지역이 생겨
나며 수많은 드워프 장인들이 몰려들었습니다.

당신은 큰손!

그렇습니다. 드워프 사회에 오직 단 한 사람을 위한 가방 전문 상가가 조
성되었습니다.

장인과 상인이 결합된 번영회가 만들어졌습니다.

이 달의 최우수 고객으로 선정되었습니다.

팁:가방 거래 시 최고 20% 할인 혜택이 주어집니다.

…입안이 쓰다.

이 사태의 원흉을 노려보았다.

미요는 기분 좋은 콧노래를 부르며 구석에 축 늘어진 흑색
짬 타이가를 향해 걸어가더니 발로 툭툭 차 깨웠다.

미요의 장난감, 둥그런 황금색 눈엔 천하태평이 담겨 있다.

나른한 하품을 찢어져라 하는 검은 고양이를 상대로 미요
가 눈을 맞추고 도둑들의 눈 언어로 대화를 나누기 시작했다.

"…그래, 그렇다는 거지. 오늘두 드워프들이 고집을 부리
더라 이거네. 이것들이 아쉬운 줄을 알아야지 말이야?!"

…….

말 잘했다. 그게 다 너 때문이거든?!

네 쇼핑 대금으로 넘긴 희귀금속이 있는데 뭐가 급해 흥정에 열의를 보일까.

방 안 가득 쌓이는 가방더미와 기분 나쁜 눈으로 감시하는 검은 고양이까지⋯⋯. 젠장, 부모님 효도 관광 보내 드리기가 이다지도 힘겨운 일일 줄이야.

그렇다. 미요의 순정은 명품 가방이다. 아니, 드워프제 가방이다.

미요의 된장녀 그림에 나는 도저히 적응할 수 없다.

제발, 플리즈, 간절히 소망컨대⋯ 사랑스러운 미요로 돌아와 줘—

하나 그런 마음을 밖으로 내뱉을 수 없다.

이것 때문에,

드워프도 감탄한 순정.

"역시, 남자는⋯ 경제력!"

여친을 위해 초특대의 경제적 출혈을 감당하는 당신의 모습에 드워프들은 깊이 감동하고 있습니다.

보름 연속 싹쓸이 쇼핑도 경이로운데 이를 담담히 감당하는 당신의 모습은 진정한 '경제 남아'의 기상이 아닐까요?

그렇습니다. 당신의 사랑은 싹쓸이 사랑!

몸소 실천하는 男兒當經濟!

남아당자강(男兒當自强)은 들어봤어도 남아당경제(男兒當經濟)라니.

뼛골이 쑤시고 간이 쓰려도 의연해야 함이지.

그럼에도 위대하다고?

암, 위대하지.

가상이니까 감당하는 거지 현실 같으면 씨도 먹히지 않을 소비다.

나를 옆에 두는 것만으로 당신의 가치가 올라가기에 명품으로 치장할 이유가 없다.

그렇다. 나 자체가 명품!

미친 거 아니냐고?

…미쳐야지 눈앞의 사태가 감당되는 거 아임?

나 자신에 아큐식으로 뿌듯해하는데 미요의 독백이 들려왔다, 분명 나 들으라고 하는 말이 분명한.

"라랄, 가방 쇼핑은 오늘로 끝내야징……."

오옷―! 역시 나의 아픔이 전달되었구나.

이제야 미요가 제정신이 돌아오나 보다.

“자~ 내일부터는 보석 쇼핑이당~ “

밀어닥치는… 심연보다 깊은 절망…….

*　　　*　　　*

지칠 리 없이 이어지는 누군가의 보석 쇼핑.

여성은 쇼핑할 때만큼은 엄청난 운동량을 자랑한다. 미요가 완벽하게 증명하고 있다.

가상에서 탈출하고 싶다!

이렇게 간절하게 현실의 삶을 갈구하게 될 줄이야.

매서커로 가상에서 죽임당한 유저들의 혼의 저주인가.

별 생각을 다해본다.

우우에게 부탁해 특대의 재혼 의식을 치러야겠다고 심각하게 고민할 쯤.

혼이 탈출한 나를 되돌린 것은 거대한 충격음이었다.

<u>우르르르르르르르르르르르르르르릉</u>—!!!

지진이라기보단 뭔가 한쪽이 무너져 내리는 기분이 들었다.

동시에 뭔가 시원하게 배출되었다는 느낌도.

…느낌은 맞았다.

장자 드워프들에게 젊은 전사 드워프들의 보고가 실시간

으로 들어왔다.

"큰일났습니다. 지름 300미터짜리 함몰공이 타운 한가운데에 생겼습니다. 실종자가 무려 189명이나 됩니다."

…….

아연한 표정의 장자 드워프들이었다.

보고는 이게 다가 아니었다.

헐레벌떡 젊은 드워프가 뛰어 들어왔다.

"지하 수맥이 결국 밖으로 터졌습니다. 물길을 돌리기 역부족입니다."

보고를 하는 드워프는 진흙 범벅이었다.

"원인은… 지하 저수 댐의 용량 초과로 인한 압력으로 추정됩니다."

장자 드워프들의 얼굴에 곤혹스러움이 역력했다.

"…올 게 왔군."

"결국 이렇게 되는군."

담담하게 말을 하지만 눈들이 크게 흔들렸다.

계속 이어지는 지하의 진동.

계속해서 함몰공이 생겨나고 있음이다.

나의 의문에 지금은 드워프 경제의 한 축을 움직이는 큰손이 되어버린 나에게 지금의 사태를 설명했다.

참고로 최근 드워프 경제사 100년 동안 없었던 초호황기를 누리고 있다. 마르지 않는 구매력을 가진 그 누구 덕에.

본론으로 돌아와 장자 드워프 중 푸른 안경의 드워프가 바닥을 굴리며 말했다.

"어린것이 설명했다고 들었다. 다시 한 번 말하는 게 되겠지만 이곳은 대지의 심장이 들어 올린 대지! 우리는 최선을 다해 이 대지를 일궜다."

나는 고개를 끄덕이며 이들의 노고를 인정했다.

그 어떤 인간 사회보다 아름다운 농장과 숲으로 이어진 곳이었다.

지내는 내도록 풍요로움과 평화를 만끽했다.

"지하수가 세월에 걸쳐 고였다. 갑자기 물길이 트이는 과정에 지반을 내려앉히며 거대한 구멍을 만드는 현상이 일어났다. …자연 현상에 우리의 지하 개발이 이를 가속시킨 면이 없진 않다."

"……."

나를 존경하는 출랑카를 통해 들은 이야기다.

장자가 설명하면 지하에 용 한 마리 키우는 줄 알았는데, 싱겁군.

"우리가 이 위험성을 파악하고 수맥의 흐름을 돌리려고 무던히 노력을 기울였지만 지금은 역부족인 상황으로 치닫고 있다."

"그럼 결국 어떻게 되는 거죠?"

"이 땅을 버리는 수밖에. 계속 대지에 구멍이 생기니 농경지도 농경지지만 지하 수맥을 관리하는 데 너무 많은 드워프들이 고통받고 있어. 무려 주민의 3할이 지하의 수맥을 통제하는 데 투입되고 있다."

"그렇군요."

완벽한 비경제적인 상황이었다.

표를 내지 않고 있었지만 현 드워프 사회는 위기 상태였다.

여기 보이지 않는 장로들이 새로운 정착지를 찾아 헤매는 이유이리라.

당연히 '대지의 심장'은 새로운 정착지를 찾는 장로의 손에 쥐어져 있다. 다시 한 번 대지의 심장이 새로운 땅을 들어 올리기를 기대하며 오지를 떠돌고 있는 것이다.

그렇게 새로운 정착지를 찾는 것이 드워프 사회의 핵심 과제였다.

바미안으로 이사 오는 건 어떠실는지?

…씨도 안 먹히겠지.

NPC 인류, 현 이슈타르인들과 적대하도록 설정되어 있으니 농담이라도 꺼낼 수 없다.

진동이 잦아들며 막간의 침묵이 이어졌다.

"흠, 이번엔 함몰공(陷沒空) 하나로 끝나려나?"

장자 드워프 중 하나가 중얼거렸다.

"어서 빨리 실종자 수색에……."

말은 더 이상 이어지지 않았다.

꽈광아아아아아아아아아아아아앙―!!!

실내의 모든 이들을 주저앉히는 거대한 충격이었다.

순간적인 공포심이 나를 덮쳤다. 잘 구현된 지진이 이럴까?

함몰공이 생기면서 터진 소리가 뾰족한 놀람의 비명이라면 이것은 소낙비를 찢는 참담한 절규에 가깝다.

이어지는 굉음의 여운이 길게 이어졌다.

우르르르르르르르르르르르르르르릉―

여운이 긴 굉음에 장자 드워프들의 눈에 당혹감으로 가득 찼다.

"…이건 아니야."

"설마……."

이들은 이 상황이 무엇인지 예측하고 있음인데.

설명은 젊은 기술자 드워프들이 달려와 해주었다.

"큰일났습니다!!!"

보고는 절규에 가깝다.

"저수조가 터지며 장벽 하부를 밀어냈습니다. 결국…… 외벽이 떨어져 나갔습니다."

……

보고가 끝나기도 전에 장자 드워프들은 밖으로 뛰쳐나가고 있었다. 나 역시 그들을 따라갔다.

말리지 않았다.

수많은 드워프가 인정하는 각종 타이틀을 부여받은 여파이리라.

여하튼 사태의 현장은 이곳에 도착하기 위해 승강기로 올라온 장소 쪽을 가리키고 있다.

승강기의 흔적은 그 어디에도 없다.

오래된 요새 터에서 약간 떨어져 200미터나 되는 단장절애가 쓸려내려 간 상태였다.

그 웅장한 장벽의 한 축이 무너져 내리고 없다.

무너진 폭은 무려 2킬로에 달했다. 그리고 지금도 모서리 부위가 부스스 힘없이 무너져 내리고 있다.

그리고 여러 갈래 물줄기가 거칠게 뿜어져 토사를 쓸어내리며 경사를 완만하게 만들어주는 중이었다.

밖에서 본다면 단장절애로 이루어진 장벽에서 앞 이빨 두 개가 빠진 흉한 모습이리라.

게다가 거친 물길이 경사를 완만하게 다듬고 있다.

물이 빠지고 나면 못 오를 경사는 아니게 된다.

이를 보채듯 비마저 부슬부슬 내리기 시작했다.

나의 우려는 적중했다.

장로들이 젊은 전사들과 기술자 드워프들에게 다급한 명령을 토해냈다.

"목책으로 일차 장벽을, 보루를 세운 다음, 요새는 그 후에 보강한다."

"전사단을 소집하라! 예비 전사단의 동원령도 발동한다. 장로의 동의는 차후에 따지기로. 어서 빨리! 움직여―!"

"시간이 촉박하다. 전투 준비를 하달하라."

"수맥의 정비는 당분간 필요없다. 그쪽 인력을 요새 보강 공사에 투입한다."

그들은 각자의 직계 드워프들을 향해 지시하고 외쳐댔다.

두 눈은 공포와 불안으로 흔들리고 있다.

드워프 사회의 자원을 이곳의 방비에 쏟아부을 생각이었다.

"먼저 정찰대를 숲으로 보내야겠어. 제일 우선으로 오크들의 반응부터 살펴야 해."

그랬다. 드워프들은 오크들의 준동을 우려하고 있었다.

"어서 빨리 장로들에게 돌아오도록 연락을 넣어야 됩니다. 최고의 위급상황이니 봉화를 올려야 하지 않을까요?"

"오크들도 볼 터인데……."

"이미 벌어진 일입니다. 진동으로 알아챘을 겁니다. 봉화를 올려 밖에 나가 있는 드워프들을 어서 빨리 불러들여야 합니다."

"동의합니다."

"그럼 어서 빨리 봉화를."

장자들의 대화를 듣고 있던 젊은 드워프 몇이 요새 터로 달려갔다.

이어 피어오르는 붉은색 연기 다섯 줄기!

빗속을 뚫고 공기 중으로 흩어짐없이, 하늘 높이 놀랍도록 올곧게 피어올라 갔다.

저 멀리 북쪽 산등성이에서 붉은 연기 다발이 곧게 피어올랐다.

봉화를 지키는 분견대가 나가 있음을 알 수 있었다.

"허, 인간들의 접근을 견제하기 위해 봉화대를 만들었는데 이런 용도로 사용하게 될 줄이야……."

멀리 봉화가 오른 산을 넘으면 바미안에 가까워질까?

이동 게이트를 지그재그로 탔으니 방향감각이 무뎌졌지만 내 감은 그렇다고 말하고 있다.

인간이 사는 쪽에서 변방 중의 변방이 바미안이 아니던가.

드워프들의 장벽 너머 초원과 숲을 내려다보는 눈엔 걱정과 불안, 그리고 공포가 한가득이었다.

나는 드워프들이 품은 불안에 동감할 수 없었다.

오크는 오크다.

그리고 이쪽은 30만에 달하는 지성체다.

너무 과민하게 반응하고 있다는 느낌을 지울 수 없다.

내가 모르는, 아니면 나에게 말하지 않은 드워프와 오크와의 역사가 있음이라.

경사면을 내려다보며 외눈의 장자 드워프가 중얼거리는 투로 말했다.

"이런…… 드워프 게이트까지 매몰되고 말다니."

"……."

그만큼 장벽이 무너지며 쏠려내려 간 지역이 숲의 일부를 집어삼킨 채 이어지고 있었다.

"여기 큰손께서는 당분간 우리와 함께 있어야겠군. 쇼핑이라는 활동을 즐기는 것 같으니 쇼핑에 차질없도록 조치해 주겠네."

아주 큰 선심 쓴다는 식이다.

…….

가만, 뭐야?!

이렇게 붙들어두고 껍데기를 벗기려는 건 아니겠지?

나는 껍데기가 얇다.

Act 05

오크 로드

機甲戰記
Massacre
기갑전기 매서커

움마야─!!!

비명이 허파 속에서 팽창했다.

어디서 저런 물량이…….

눈앞에 흑녹색의 흉폭한 장관이 펼쳐지고 있다.

단 삼 일 만이었다, 무너진 단애 아래로 오크들이 몰려든 섯은.

내가 치른 특대의 바미안 공성전을 능가하는 규모다.

대신 정돈되지 않은 어수선함이 있다.

사방에서 꾸역꾸역 모여들어 무리별로 천막을 치더니 지

금처럼 밤새도록 치고받으며 소란을 피웠다.

나는 마법 아이템으로 소란의 중심을 눈에 담았다.

씨름장 같은 원형의 공간에서 헐벗은 상체의 장대한 오크 둘이 맨주먹을 교환하며 자웅을 결하고 있다.

완벽한 입시타격식 겨룸인가?

풍류를 아는군.

…이크, 입으로 귀를 문다. 머리가 젖혀지며 입에 물린 귀가 찢겨 하늘 위로 날아오른다.

귀가 찢겨진 오크는 손가락으로 상대의 눈을 찔러 눈알을 파내는 것으로 반격.

진득한 녹색 피가 공간 곳곳에 뿌려진다.

떨어진 둘은 땅에 떨어진 상대의 귀와 눈알을 찾아 각자의 입안에 털어 넣는다.

분노의 괴성을 지르며 재차 격돌!

터지는 환호!!

이 그림에 특유의 기성을 토하며 열광하는 오크들!

야만, 광기, 혼돈.

…….

전형적인 겨룸의 장이라.

한데 그런 겨룸의 장소가 하나둘이 아니라는 것이다.

그렇다. 이건… 야만의 축제다.

"⋯⋯뭐하자는 거야?"

"부족 간 서열 정하기라네."

외눈의 전사단장을 맡고 있는 장자 드워프였다.

두툼한 녹색 비늘 갑옷에, 어깨에 두개의 거대한 양날도끼를, 허리춤엔 반달날 손도끼 두 개를 비껴 끼운 차림이었다.

장자 드워프의 의사 결정체와 드워프 전사단의 최고 지휘관을 겸하고 있는 자였다.

그는 특유의 못마땅한 얼굴로 얇은 금속판이 종이처럼 철된 바인더를 건네 주었다.

금속판에 한글을 분리해 분질러 놓은 형태의 드워프식 언어가 새겨져 있다.

날카로운 금속 촉으로 새겨놓은 드워프 일족 고유의 기록물이었다.

차착—

당신은 드워프가 '마지못해 인정하는' 전사로서 드워프 부족이 수집한 기초 정보를 제공받았습니다.

⋯쑥스럽게.

그렇게 금속 바인더 안엔 참고적인 이야기가 제법 있다.

이곳 오크들은 '야만의 오크' 답게 사분오열된 상태로 쟁패의 세월을 보낸 지 오래라는 정보가 눈에 들어왔다.

한데 계속해 새로운 부족이 무리를 이끌고 나타나니 서열 정하기가 그리 쉽게 결판날 것 같지 않다.

그리고 드워프가 규정한 야만의 오크치곤 무장은 충실하다.

이는 드워프가 근처에 있어서는 아니었다.

금속 재료가 가미된 방어구보단 거친 가죽과 몬스터 사체의 특정 부위를 조합해 만든 독특한 무장을 갖추고 있다.

군대다운 무장의 통일성은 기대하기 어렵다. 백인백색의 군장이었다.

오크 사회에선 금속 재료는 귀하기에 무기로 전용하고 있다고 정보는 알려주고 있다.

하나 방어구가 조잡하고 기괴하다고 무시할 수 없다.

E&T 세계에선 몬스터 신체 부위가 강력한 방어구나 무기가 되는 경우가 허다하다. 게다가 자신의 힘으로 사냥한 몬스터 재료라면 놀라운 기능이 가미되기도 하니.

바인더 안의 오크 일족 정보를 검색하는데 드워프들이 술렁이기 시작했다.

저건……?

나를 놀라게 한 것은 바로 기괴한 문신 투성이 오크 서먼들이 몰고 온 고목과 덩굴로 이루어진 나무거인이라는 존재였다.

강철거인을 보유한 연유에서인지 땅을 질질 끌면서 이동하는 것이 그리 위협적으로 느껴지진 않았다.

한데 이걸 뭐라고 표현하지?

친환경 골렘이라고 해야 하나.

흔한 우드 골렘의 변종이라기보단 네크로맨서의 혐오스러운 소환체에 가깝다.

드워프들이 급조한 목책 성채 따위는 가볍게 도모할 덩치라는 것.

오크 특색의 공성장비가 아닐 수 없다. 그런 덩굴고목거인이 숲에서 하나둘 모습을 드러내며 한곳으로 모이고 있었다.
바로 장벽이 무너진 경사면으로.

그어어어어어어어어어어—!

덩굴고목거인의 입에서 기음이 불길하게 대기에 맴돌았
다.

장벽 아래 사정은 점점 좋지 않게 전개되어 가고 있음엔 틀
림없다.

내가 보지 못한 지혜의 장로들은 외유 중이고 그런 장로들
을 수행하기 위해 노련한 전사단이 배치된 상황이라 주요 전
력 가운데 핵심 두 축이 비어 있는 상황인 것이다.

자연 남은 드워프들인 장자 드워프들과 경험이 부족한 어
린 전사단이 오크들을 맞을 준비를 하고 있다.

장자 드워프들은 몰라도 어린 드워프 전사들은 말 그대로
수염이 덜 자란 드워프들이다.

과연 이들로 오크들을 감당할 수 있을지 의문스러웠다. 나
를 당황스럽게 만든 건 드워프 사회에 전사수가 턱없이 부족
하다는 것이다.

이제 막 징집된 여물지 않은 어린 드워프 전사까지 해서 고
작 2천이 드워프 사회의 전력 전부.

외유 중인 전사단의 규모가 1천이니 드워프 무력의 핵심이
라는 전사단의 총 규모가 3천이다.

30만의 드워프 사회에서 무력을 담당하는 이들의 수가 고작 이 정도라니……. 아무리 평화로운 시절이 길었어도 너무 안이하다 할까.

3만을 동원해도 모자라지 않은가.

대신 목책을 세우고 성벽을 보수하는 장인들은 놀라울 정도로 많아 순식간에 견고한 방어 태세를 갖출 수 있었다.

그 장인들이 투사병기와 투석기를 만들고 그 조작을 담당하고 있다.

장단이 있겠지만 이건 아니다.

눈 아래는 천막수만 십만을 넘고 있다.

오크 바인더에는 천막 하나에 오크 전투원이 하나 이상이라 했다. 내 눈에 담긴 의문에 전사단을 운용하는 장자 드워프의 외눈이 불안하게 흔들리고 있음을 느낄 수 있었다.

주변을 둘러보며 은근히 물었다.

"저, 드워프 전사들이 너무 적은 거 아닌가요?"

"…외부인에게 할 말은 아니지만… 장로들이 정한 규칙에 따른 것이다. 그 어떤 일이 있어도 전사단의 규모는 전 구성원의 1%를 넘길 수 없다고."

"……."

지금 그 어떤 일이 벌어졌잖은가?

장로들의 지위와 영향력이 어떤지도 느낄 수 있었다.

역시 인공지능의 한계인가.

우려하고 있는데…….

우워워어어어어어어억—!!!

오크 진영 한가운데서 단말마의 거대한 포효가 올라왔다.

거대한 보라색 빛기둥 하나가 오크 진영 한가운데에 박혔다.

저것은? 히든 클래스가 부여될 때 효과가 아닌가?

웅대한 포효가 터짐과 동시에 오크들의 광적인 환호가 대기를 뒤덮었다.

각 오크 부족을 상징하는 깃대가 파도처럼 흔들렸다.

드워프들의 표정이 딱딱하게 굳어졌다.

"설마? 이건 아니야……. 그럴 리가 없어."

장자 드워프가 혼란스러운지 수염을 잡아 뜯었다.

"예?"

반응이 이상하다.

"대장이 생겨 버렸어."

"?"

무슨 말이야?

바인더 안 정보를 바탕으로 추산하면 일주일은 족히 걸리는 일정이라 했다. 사냥 대장을 선출하는 맨손 투기는 지금도 벌어지고 있다.

오크 바인더는 드워프들이 관찰한 오크들의 기록이다.

!

나는 바인더가 금속 편을 편의대로 가감할 수 있음을 떠올렸다.

그렇다. 나에게 건네진 바인더 안에는 드워프들이 보여주고 싶은 정보만 추려 넣을 수 있음이라.

흔히 말하는 외부인 열람용이라 이건가.

장자 드워프가 말했다.

"오크 부족들은 자기들끼리 다툼이 끊임없다. 하나 종족 전쟁이 터지면 보다시피 다같이 뭉치지."

"……."

그만큼 드워프들이 강하다는 뜻이리라.

"겨룸을 통해 대장을 선출하지만… 더러는 또 다른 시험에 들기도 한다."

"시험?"

"오크 셔먼들의 최면 시험을 거치게 하지. 이 시험을 제일 먼저 극복한 전사가 전부족의 지휘관으로 옹립된다."

"최면 시험? 옹립?"

분명 옹립이라는 단어가 나왔다.

“그저 짐작할 뿐이다. 서먼이 환상을 보여주고 이를 극복하는 식의 시험이라고 알고 있다. 그 무서운 환상이 어떤 내용인지는 알 순 없어, 오크가 아닌 이상.”

“그럼 방금 괴성은?”

“바로 그 시험을 통과한 오크 대전사가 깨어나며 지르는 첫 외침이지.”

“대전사? …오크 로드?”

“그, 그렇네……. 전부족을 통합할 오크 영웅이 탄생한 것이네.”

그랬다. 이것은 오크 로드의 탄생을 알리는 첫 일성이었다.

그리고 이 오크 로드는 분명 유저가 개입한 것이다.

그 빛기둥이 증거다.

E&T는 드워프들에게 시간을 주지 않으려 함인가.

그렇다. 오크들에게 최고 지휘자가 나타났으니 곧 공격이 시작될 것이리라.

E&T가 영웅 시스템을 오크들에게 부여한 이상…….

“제가 도울 일이?”

“글쎄… 뭘 잘하는지 알아야 되는데 유저인 자네에게선 딱히 떠오르는 그림이 없으이. 그저 나서지 않기를 바랄 뿐이네.”

"……."

이건 뭐지?

거참, 내가 전사로서의 능력을 의심받다니.

…이는 근거가 있다. 드워프 입장에선 내가 오우거 로드를 처단했지만 이는 강철거인이라는 도구의 힘을 빌린 것이니.

전사로서의 진력을 의심받을밖에.

드워프들은 강철거인을 타는 인간전사를 반푼이 전사라 폄하했다.

그 점을 밝힌 이후 나를 추종하던 젊은 드워프들은 나에게서 멀어졌다.

지금까지 보여준 것은 마르지 않는 경제력뿐이었으니.

게다가 착취에 가까운 교환 비율도 이들의 불만을 키웠다.

'마지못해 인정하는 전사' 타이틀이 부여되며 파편주자 타이틀까지 인정받지 못하는 사태로 발전했다.

매서커는 억울하다.

모든 지오 캐릭터의 발판이 아니던가.

근자에 메이지 지오가 '용자의 도전' 을 성공해 '용자' 타이틀을 획득했다.

이어 팬텀은 '도달자의 영역' 을 개척했다.

그런 이 둘이 합심해 기계용을 처치하며 '초월자의 영역' 에 들어섰다.

그에 비하면 매서커의 현상태는 성장의 답보 상태가 맞다.

하나 강철거인을 이용한다는 이유만으로 드워프들에게 무시당할 캐릭이 아니다.

약간 침울.

경제적 타격이 더해져 심리적으로 우울하기도 하다.

여하튼 다 좋다.

드워프의 오만함이라 해야 하나? 자존심이라 해야 하나?

한팔 거들고 싶은 생각이 싹 가셨다.

미스릴 카드에 봉인된 강철거인을 꺼내고 싶은 마음이 싹 사라졌다.

당장 강철거인을 몰고 뛰쳐내려 가 오크 로드의 목을 날려 버리고 싶었지만 드워프들이 고생을 사서 하겠다는데 말릴 이유가 없지.

게다가 드워프와 노움, 오크와 얽힌 퀘스트가 하나도 떨어지지 않고 있다.

오크 바인더엔 오크 로드에 관한 사항이 빠져 있다.

드워프 자체에 뭔가 야료가 있음이다.

"하긴 드워프들과 오크들의 문제인데 손님이 나설 자리가 아니긴 아니죠."

냉정하게 한발 물러나기로 했다.

"응?! 그런가? 하긴, 이것은 어디까지나 오크들과 우리 사이의 문제지."

홍, 이제와 뭘 기대한 거야.

아하, 휘귀 금속의 기부를 원함이군.

아닌가? 아님 말고.

그렇군, 다른 종족의 도움을 받으면 그만큼 빚을 지게 된다는 인공지능의 계산이 깔려 있음이라.

동시에 오크들에 대한 대응법에 나름의 자신이 있음이라.

신경전을 벌일 여유가 없다.

우워어어어어어어어엌— 다시금 대기를 관통하는 사나운 포효가 울렸고 그 장소로 눈이 돌려졌다.

헐벗은 녹색 상체에 얼굴까지 나선 형태의 기하학적인 문신으로 도배한 오크가 눈에 들어왔다. 포효에 따라 이 문제의 오크를 중심으로 흑녹색 아우라가 팽창하고 있다.

2미터에 달하는 당당한 체구, 진녹색으로 번들거리는 피부, 주황색으로 활활 타오르는 두 눈까지, 서 있는 것 자체가 박력인 오크였다.

바로 오크 로드였다.

포효에 끌려 갈색 가죽 로브를 걸친 오크 셔먼들이 오크 로드 뒤로 모여들었다. 오크 셔먼들의 눈엔 오크 로드를 향한 두려움이 한가득 담겨 있다.

오크 로드를 중심으로 수백에 달하는 오크 셔먼이 운집했
다.

지팡이를 두 손으로 받치며 고개를 숙이는 식으로 차례차
례 오크 로드에게 경의를 표했다.

오크 로드는 그런 오크 셔먼들을 경멸의 눈으로 내려다보
았다.

이어 손가락으로 천천히 경사면을 가리켰다.

급히 머리를 조아리며 호응하는 오크 셔먼들이었다.

오크 사회에서 최고 정점에 있는 게 오크 셔먼이 아니던가.

여태까지 보지 못한 비굴한 몸짓이 아닐 수 없다.

부족이 달라도 오크 셔먼들의 모습은 거의 유사하다.

머리가 크고 마른 작은 체구, 손에 든 말라비틀어진 나무
지팡이 끝엔 이름 모를 몬스터들의 해골들이 박혀 있거나 주
렁주렁 매달려 있다.

암갈색 눈은 뭐든지 다 알고 있다는 자만으로 가득 차 있
다.

이 초라한 행색으로 대다수 오크들의 정신을 지배하고 있
다. 최면과 암시, 현혹이라는 무기로.

물론 정신적 제압뿐 아니라 나름의 독창적인 특기를 가지
고 있다.

그 특기의 핵심은 주력문신(呪力文身)!

일반 오크에 주술이 담긴 문신을 먹여 오크 워리어로 만든다. 이 주력문신을 시술 받아 오크 워리어로 성장하면 부족 내의 지위가 달라진다.

일당백의 놀라운 완력에 주력이 가미된 외침을 토해 일반 오크들을 지휘하는 위치에 오른다.

하나 주력문신의 시술자인 오크 셔먼의 명령에서 자유로울 수 없다.

그래서 일반 오크들이 오크 셔먼을 향해 항상 존경과 두려움의 눈으로 바라보며 양보한다.

새로 탄생한 오크 로드는 얼굴까지 와류 형태의 문신이 뒤덮여 있다.

지금 시술받은 문신이 대다수였다.

전신을 뒤덮은 문신을 따라 진녹색 피가 연신 흘러내리고 있다.

그렇다. 수많은 문신을 시술한 셔먼들의 주력에 담긴 정신 제압을 전부 극복한 것이라.

갑작스러운 오크 로드의 탄생은 E&T 영웅 시스템이 개입, 워리어로 성장하던 오크 중에서 한 마리를 로드로 각성시켰음을 짐작할 수 있다.

오크 셔먼들이 오크 로드에게서 등을 돌리더니 숲을 바라보았다.

우워우우우우우우우우우우우우우우우우우우우우우─

오크 셔먼들이 낮고 고요한 기음을 부르며 각자의 지팡이를 하늘을 향해 높이 흔들기 시작했다.

이어 무어라 웅얼거리는데 목책 성채까지 신경 긁는 소리가 넘어 들어왔다.

오크 셔먼들의 웅얼거림을 따라 나선 형태의 주력 결계가 대기 중으로 퍼져 나갔다.

푸른 하늘에 번지는 진녹색의 파장!

오크들이 포진한 숲을 중심으로 공기층이 비틀어지며 일그러졌다.

!

고오오오오오오오오옹─ 나뭇가지가 거칠게 흔들리며 숲 전체가 비명을 질러대더니… 아름드리나무들이 급속히 시들기 시작했다.

동시에 짙푸른 생기를 뭉텅 토해냈다.

이 짙푸른 생기는 경사면에 도열한 고목과 덩굴이 뒤엉킨 괴생명체들에게 빠르게 빨려들 듯 스며들었다.

그어어어어어어어어어어억—!

기괴한 복합생명체들이 기쁨에 겨운 기성을 토하며 팔을 흔들어 댔다.

가는 덩굴 다발들이 땅에서 튀어나와 덩굴고목 골렘에 휘감겼다.

앙상하고 텅 빈 고목으로 이루어진 뼈대를 완벽하게 휘감으며 체구를 키웠다.

순식간에 이루어진 변화였다.

그렇게 숲은 고통을, 괴수는 환희를…….

이런 제길.

살아 있는 생기를 쥐어짜 에너지원으로 공급하다니…….

그어어어어어어어어어어어억—!!!

깊은 지저에서 울리는 불길한 기성이 고목둥치에서 길게 흘러나왔다. 숲의 생기를 머금은 육중한 덩치가 움직이기 시작했다.

그그그그궁, 쿵. 그그그그궁, 쿠궁!

고목을 감싼 덩굴 다발이 힘줄, 근육이 되어 지면을 끄는 식으로 걸음을 옮기게 만들었다.

그렇게 고목과 덩굴이 뒤섞인 괴이한 생명체들의 무리가 낮은 기음을 깔며 경사면을 오르기 시작했다.

오크 바인더가 알려왔다.

> **덩굴고목 골렘.**
>
> '숲 파괴자'.
>
> 오크 셔먼의 덩굴고목 골렘은 느리지만 무시할 수 없는 복합 소환체입니다.
>
> 오크들이 오우거나 거대한 몬스터를 사냥할 때 동원됩니다.
>
> 덩굴로 휘감아 사냥감의 진을 빼는 게 특기입니다.
>
> 숲의 생기를 자양분으로 기동합니다.
>
> 기동 시간이 길지 못한 단점이 있습니다. 최대 3분이 오크 셔먼이 부릴 수 있는 한계 시간입니다.
>
> 하나 이런 대규모의 생기를 부여받은 덩굴고목 골렘의 기동 시간은 예측 범위 밖입니다.
>
> 황폐한 숲은 새로운 덩굴고목 골렘의 배양지가 됩니다.

역시 오크다운 소환체라 이건가.

덩굴고목 골렘의 수가 무려 백 기가 넘었다. 그로 인해 장벽 아래 아름답고 풍요롭던 숲은 시커멓게 말라 비틀어져 가고 있었다.

흑갈색으로 숲이 물드는 것이 컵에 든 맑은 맹물에 검은 물감 한 방울이 퍼지는 것 같았다.

숲이 말라가며 토해내는 녹색의 생기는 고스란히 덩굴고목 골렘에 공급되었다. 움직일수록 숲의 고목화가 급속도로 진행되고.

"…크, 저럴 수가! 운영 시간의 한계를 집단 주력으로 극복하다니……."

외눈 장자 드워프의 신음이 깊다.

수백에 달하는 셔먼의 집단 주력, 오크 로드의 첫 명령을 행하기에 주력의 농도가 장난이 아니다.

그들 역시 절대자를 위해 혼신을 다해 주력을 뽑아내고 있다.

기적사와 축복사의 주력이 합한 정도의 파장을 만들어내고 있음이라.

그렇게 숲의 생기가 빨린 범위가 장난이 아니다.

짙푸르던 숲은 짙은 갈색으로 빠르게 고사화(枯死化)에 들고 있었다.

…이것은 숲에 가한 테러였다.

이 고목화의 여파는 위협의 범위를 넘어섰다.

말라 비틀어져 가는 숲에서 다양한 생명체들이 황급히 뛰어 달아나며 당황한 비명을 구슬프게 토해낸다. 날짐승들이 떼로 하늘을 향해 날아오르며 특유의 날카로운 울음을 울부짖었다.

곤충들이 대기 중으로 뿌옇게 떼를 지어 흩어졌다.

선량한 생명들이 발하는 극도의 혼란과 공포가 공간을 넘어 퍼져 나갔다.

…망할 오크들!

바미안이 PART2 선행 영지가 되고 나서 아크 알케미스트 일단을 들들 볶았다. 물론 공적인 영주 자격으로.

그 결과 이공간 봉인진을 미스릴 카드에 새겨 넣을 수 있었다.

파편 무구 없이 이곳에 당당히 있을 수 있는 이유다.

바로 바미안 영주의 전용 강철거인 '깡통 주전자'와 함께하기에.

손바닥만 한 미스릴 카드에 거대한 덩치의 강철거인이 자리하고 있음이다.

눈앞의 그림에 절로 손이 가슴속의 미스릴 카드로 옮겨졌다.

당장 소환해 뛰어내려 가 숲을 망치는 오크 서먼 무리들을 요절내고 싶었다.

결심만 하면 간단하다!

하나 손님의 입장으로 드워프들의 대응을 지켜보아야 하는 입장이다. …이는 변명이다.

알 수 없는 미심쩍음이 남아 있어서다, 눈앞의 분노를 덮을 정도로의.

저 오크들의 열광적인 군집을 보라. 부족이 다 다를진대 모두 한 마음으로 모였다.

그리고 억눌린 자의 오기가 느껴졌다.

무엇을 위해서?

드워프 토벌!

이곳에서 오크와 드워프 사이에 어떤 역사가 있었던가?

그런 가운데 결정적으로 한손에 든 오크 바인더의 비워진 금속 책이 내 마음의 피어오르는 분노를 차갑게 식혔다.

나는 장자 드워프를 바라보았다.

진녹색 외눈이 전의로 타오르고 있다.

그는 나에게 무엇을 원함인가?

아니면 유저인 인간인 나에게인가.

나는 드워프 사회의 첫 인산 방문자다.

그리고 티격태격하지만 교역을 통해 막대한 이익을 거두고 있다.

이는 분명한 사실이다.

인간인 내가 드워프의 눈으로 오크를 보기를 원함인가.

내가 드워프제 안경을 쓰고 세계를 본다면?

나라는 또 하나의 드워프가 될 수밖에 없다.

눈앞에 보여지는 게 다가 아니다.

인간이라는 안경조차 필요없다.

인간의 눈이 아닌, 오직 나의 눈으로 세상을 볼 뿐.

Act 06
타르타로스의 활

機甲戰記
Massacre
기갑전기 매서커

눈 아래로 흑갈색의 기괴한 덩치들이 시시각각 다가오고 있었다.

걸음을 옮길 때마다 덩굴들이 뻗어나와 지면을 가득 메운 거친 바위들을 밀어냈다. 제설차가 도로에 쌓인 눈을 치우는 그림이었다.

이런 식으로 후위에 뒤따를 오크들의 진군로를 닦고 있음이라.

드디어 드워프들이 움직였다.

끼릭끼릭, 끼릭끼릭—!

등 뒤 투석장치의 기어를 당기는 소음이 크다. 이어 전사단
장의 명령,

"바아알— 싸아—!"

투덩, 투덩—

돌 대신 불이 붙은 기름 항아리가 머리 위로 기다란 포물선
을 그리며 지나갔다.

후우우우우웅, 파핫—!

덩굴고목 골렘에 충돌한 기름 항아리가 깨지며 시뻘건 불
기둥을 만들어냈다.

후류룽, 끼에에에엑—!!!

덩굴고목 골렘들은 몸에 달라붙은 기름불을 털어내려 요
동쳤지만 끈적끈적한 점성을 털어내지 못해 거칠게 요동쳤
다.

요동칠수록 기름불은 온몸으로 번져나갈 따름이다.

"후후, '꺼지지 않는 불'이란 것이지."

외눈의 장자 드워프가 비릿한 웃음을 흘리며 수염을 쓸며
자신만만한 어투로 설명했다.

"물을 끼얹으면 오히려 불을 더 키우게 되는 식이니 잘 보
라고."

오랜 세월 오크들과 이웃에 지냈으니 그들의 전술을 파악
하고 있음을 느낄 수 있었다.

그런데 더 놀라운 것은 오크들의 반응이었다.

활활 불붙은 덩굴고목 골렘을 꾸역꾸역 목책 쪽으로 몰아 붙이고 있었다.

오크 셔먼 무리에선 마법이든 정령이든 물을 끼얹을 시도 자체가 없다.

불붙은 덩굴고목 골렘을 소환한 오크 셔먼들이 고통스러워하는 게 역력했다.

오직 오크 로드를 의식하며 고통을 견디고 있다.

몇몇 오크 셔먼의 지팡이에서 파란 불이 터지며 주술 도구가 부서지는 그림이 있었다. 그런 오크 셔먼들은 머리를 쥐어 감싸며 주저앉았다.

그럼에도 불을 끄려는 시도나 움직임은 없었다.

그저 숲의 생기를 빨아들여 덩굴고목 골렘에 주입하기에 여념없다.

멀쩡한 덩굴고목 골렘을 불붙은 덩굴고목 골렘에 가까이 붙여 불이 옮겨 붙도록 했다.

드워프의 꺼지지 않는 불이 멀쩡한 덩굴고목 골렘에 자연스럽게 옮겨 붙었다.

곧 경사면은 불붙은 덩굴고목 골렘들로 그득 메워졌다.

그어어어어어어어어어어, 덩굴고목 골렘의 입에서 고통에 겨운 신음이 흘러나왔다.

그저 타올랐다. 잘 탄다. 잘도 번졌다.

저런 식이면 정령사들이 소환한 파이어 골렘과 다를 바 없는 형태다.

활활 타올라 부서진 덩굴나무 골렘 뒤를 불이 작게 붙은 골렘들이 추월해 목책에 다가들었다.

목책 앞에는 해자를 대신해 30미터 지점에 설치된 통나무 바리케이드가 있었다.

그 바리케이드에 꺼지지 않는 불이 옮겨 붙었다.

장자 드워프가 자랑한 '꺼지지 않는 불' 답게 불붙은 덩굴나무 골렘이 건드리자마자 통나무 바리케이드는 활활 타올랐다.

드워프 사이에서 당혹성이 터져 나왔다.

아뿔사! 오크들의 목적은 파이어 골렘으로 환한 덩굴 골렘의 목책 태우기인 것이었다.

그랬다. 드워프들의 전술을 파악한 것은 오히려 오크 쪽이었다.

장자 드워프의 수염이 빳빳하게 섰다.

"…예상하고 있다고?! 어떻게?"

왜, 나한테 물어봐? 내가 오크야?!

…상대는 유저라고. 말할 수도 없다. 그런 것을 수용할 인공지능이 탑재되어 있지 않으니.

오크 로드는 분명 유저의 빙의체다. 오우거 로드에 제임스 강이라는 유명인이 빙의한 것처럼.

당연히 오크가 파악한 드워프 일족에 관한 정보를 꿰고 있음이라.

오히려 나보다 드워프에 대해 더 잘 알지도…….

눈앞에서 바리케이드가 활활 타올랐다.

인공지능은 당연히 매뉴얼적이다.

자신들의 대응이 먹히지 않으면 말 그대로 바보가 되어버린다.

한데 갑자기 다들 나를 바라본다.

맞다. 나에겐 매뉴얼이 없다.

"꺼지지 않는 불을 잠재울 수 있는 방법은……."

"어서?!"

장자 드워프가 재촉했다.

"…같은 불 아닌가요?"

"!"

간단한 이치.

자신들의 전술이 막히자 당황한 나머지 그 간단한 이치가 생각나지 않은 것이다.

장자 드워프의 실행은 빨랐다.

다급했다.

드워프 메이지와 소환사들이 불붙은 덩굴고목 골렘을 타격하기 위해 나섰다.

드워프들은 천성적으로 불과 친한 종족이다.

파이어 월과 파이어 골렘이 불붙은 덩굴고목 골렘 안에서 생겨났다.

불을 끄기 위한 불의 충돌이 바리케이드 앞에서 벌어졌다.

불과 불이 엉켜들었다.

불이 불을 키우고… 죽였다.

…….

바리케이드가 있던 장소는 거대한 숯 덩어리의 잔해로 가득 차 있다.

휘우우우웅— 탄내 가득한 매캐한 바람이 목책 위로 불었다.

바람을 따라 목책 위로 검댕이 먼지와 불티가 넘어들어 왔다.

내도록 검댕이를 뒤집어쓴 드워프들의 표정이 좋지 않다.

메이지와 소환사 전력은 드워프 집단 내에서 고급 전력에 속한다.

위력을 범위로 뿌린다.

이런 식으로 힘을 허무하게 소진시킬 전력이 아닌 것이다.

이 공격을 주도한 오크 서먼들의 모습은 말라 버린 숲으로 사리지고 없다.

고사한 숲에서 다시금 덩굴고목 골렘을 만들어낼 게 뻔했다.

오크 서먼으로 드워프 메이지와 소환사들을 지치게 만들었으니 여전히 오크들이 전술적 우위를 유지하고 있음이라.

지금 그렇게 목책은 지켰지만 장애물이 되어줄 바리케이드는 재로 화했다.

완만한 경사면을 따라 검은 재와 메케한 탄내가 진동하는 가운데 제이파가 밀어닥쳤다.

목책 위로 진갈색의 에너지체가 떨어져 내렸다.

치이이이이이익―!!!

목책에 충돌한 갈색 마법체가 터지며 충돌한 표면에선 거친 거품이 부글댔다.

흐물흐물, 딱딱하고 두터운 나무껍질이 녹아들었다.

마법체의 정체는 강산이었다.

오크 메이지의 마법 공격이었다. 오크 서먼이 비운 자리를 오크 메이지들이 나선 것이다.

오크 메이지, 오크들의 정신을 지배하는 게 오크 서먼이라면 오크 메이지들은 생활을 지배하는 존재다.

오크 서먼들이 부락 내에 거주하고 대소사를 참견한다면

이들은 자기들끼리 따로 뭉쳐 무리를 이룬다. 인간 마법사들이 타워와 던전에 모여 있듯이.

부족간의 물물교환이나 알력을 중재해 부를 축적했다.

반대로 이야기하면 어느 한 부족을 고사시키거나 고의적으로 상잔케 할 수 있다는 말과 같다.

그런 의미에서 이들 역시 오크들의 공포 대상으로 군림하고 있다.

인간 마법사에 비하면 초보적인 마법과 마력을 발휘하지만 다섯 이상 뭉쳐서 발휘하는 집단 마법은 무시할 수준이 절대 아니다.

오크 셔먼과 차림이 비슷하지만 팔찌에서 귀걸이까지 금속 아티펙트로 요란하게 치장하고 있다.

지금 그런 그들이 집단 마법을 발휘한 것이다.

한데 강산은 강산인데 금속충의 강산과 차원이 다르다. 부식하며 피어오르는 진갈색의 가스들이 있다는 것.

이 가스에 노출된 드워프들은 코를 막고 인상을 찌푸렸고, 눈물을 폭포수처럼 흘렸다.

공중에서 마법체를 요격해 터뜨려도 결과는 마찬가지, 오히려 드워프들 머리 위로 넓게 흩어지는 강산 안개로 화할 따름이었다.

드워프들은 각자가 소유한 아티펙트의 도움을 빌려야 했다.

드워프 메이지들이 지금 숨을 골라야 했다. 결정적인 순간은 아직 멀었다.

푸화아앗─!!!

오크들의 강산 포격은 계속 이어졌다.

종국엔 갈색 비가 되어 목책 위로 뿌려졌고, 탁한 진갈색 부식 안개가 자욱하게 전장을 뒤덮었다.

"끄으……." "흐읍……." "흐윽."

아티펙트의 능력을 유지하지 못한 젊은 드워프들이 중독되어 픽픽 쓰러졌다.

죽지는 않았다. 코피와 사지를 부들부들 떠는 전형적인 중독 증상을 보이고 있다.

왜 유독 젊은 드워프들인가?

드워프들의 아티펙트는 유저들의 아티펙트와 다르다. 소유자와의 능력과 연동되는 식이라는 것.

그래서인지 경험이 처지는 어린 드워프와 젊은 드워프들 사이에서 중독 사상자가 많았다.

드워프 메이지들이 이들을 둘러메고 안전지대로 옮겼다.

그렇게 전투력 상실!

나는 놀라지 않을 수 없었다.

이곳의 오크들은 필드를 누비는 떠돌이 오크들과 차원이 달랐다.

침착하게 단계를 밟아 전투를 진행하고 있는 게 아닌가.

흥분하지도, 광기에 몸을 맡기지도 않았다.

드워프 전력을 차곡차곡 단계를 밟아가며 줄여 나가고 있다.

소모전을 걸어오고 있다.

그렇다. 전쟁을 알았다. 할 줄 알았다.

마치 이런 일이 일어날 줄 알고 있었다는 듯하다.

괜히 이곳이 오크들의 고향이 아닌 것인가?

아니면 오크 로드의 장악력이 이렇게 대단한 것인가?

시선이 느껴지는 느낌이 들었다.

강산에 수염이 그을려 말린 장자 드워프가 나를 바라보았
다. 어떻게 이런 강산 안개로부터 멀쩡할 수 있냐는.

나는 검집을 탁탁 쳤다.

검집이 금속충 계곡의 보스 가브가브의 앞발을 가공한 것
이다.

그 어떠한 강산도 버텨낸다. 아이템의 소유자인 나를 보호
하는 것은 소소한 작은 옵션 중 하나랄까.

장자 드워프가 마지못해 고개를 끄덕이며 인정했다.

그때였다. 등 뒤에서 바람이 불어왔다.

진갈색 강산 안개를 다양한 색으로 유명한 바람의 정령들
이 나타나 흩어버리는 것이었다.

예비대로 요새 터에 대기 중인 드워프 여성 전사단 소속의

정령사들의 실력 발휘였다.

형형색색 투명한 바람의 정령들이 진갈색 오염 물질들을 목책 밖으로 밀어냈다.

한데 이 바람의 정령들이 꼭 한 번은 나를 스치고 지나가는 것이다.

무표정한 표정이었는데 나를 스치면 웃음을 터뜨렸다.

"응?"

뭐, 나야 나쁘지 않다.

형형색색 바람에 휘감긴 모습이 기깔나기에.

정령사가 된 느낌이다.

조화력이 없는 매서커 캐릭으로선 장난기 넘치는 정령들이 무슨 말을 하는지 들을 수 없지만 장난스럽게 윙크를 걸거나 뺨을 스치듯이 간질이는 것이 꼭 누구를 연상시키기 충분했다.

누구?

엘레멘탈 지오, 바로 멘탈 지오 말이다.

정령의 수호자이자 정령왕의 딸의 수호기사.

매서커의 가신이기도 하지. 그래서 아는 체 하는 게 아닐까?

오호라, 나를 매개로 바미안에 소환되기를 원하는 것이야.

요것들!

즉, 눈도장을 찍는 행위라.

전쟁터에서 역시 놀 궁리라니……. 바람의 정령다웠다.

OK, 접수했어! 귀여운 것들.

"바람의 흔적을 남기기를 허하노라―"

순간, 허락하자마자 바람의 정령들이 나를 중심으로 휘감아 돌았다.

온몸에 묻은 숯검정들이 말끔히 사라졌다.

땡큐―!!!

사르르릉―

내가 흐뭇하게 웃으며 바람의 정령들의 희롱을 받아들이
자 장자 드워프의 눈이 커졌다.

"제, 제길. 인간은 뭐든지 받아들인다더니……. 이 와중에
정령과 교감을……."

기막혀했다.

이것이 바람둥이의… 아니, 전장의 풍류다.

*　　　*　　　*

오염된 안개가 걷히며 드러난 드워프들은 말 그대로 몰골
이 말이 아니었다.

날카로운 병장기에서부터 미려한 갑옷이며 찬란한 방패까
지 갈색 녹으로 뒤덮여 있었다.

씩씩— 어깨를 들썩이며 다들 분노로 눈이 돌아 있다.

개인 장구에 결벽증이 강한 드워프로선 견디기 어려운 피
해여서이리라.

내가 지켜본 드워프들은 인공지능이지만 '장비결벽 또라
이' 들이다.

균형미가 틀어지거나 조화가 무너진 걸 병적으로 싫어했다.

균형과 조화, 질서가 이들 예술의 지향점이었다.

화병을 감상하고 내려놓았더니 그 미세한 틀어진 차이를 파악하고는 다시 고쳐 놓더라.

설마 하고 그 다음날 살짝 각도만 돌려 놓았더니 들어오자마자 그걸 알아채곤 틀어진 위치를 정정했다.

편집광적인 미적 감각이 아닐 수 없다.

그런 그들의 자랑이자 생명인 무구와 무기가 오염되었다.

늙으나 젊으나 드워프들이 분노에 찬 외침을 버럭버럭 질러댔다.

그렇게 흥분한 쪽은 드워프였다.

이 역시 오크들이 드워프들의 생태를 잘 파악하고 있음을 알 수 있는 그림이었다.

이후로도 드워프들의 힘을 빼기 위한 오크 메이지들의 원거리 마법 공격은 계속 이어졌다.

고급 전력의 힘을 빼기 위한 소모전을 걸어오고 있음이라.

이런 식의 정밀한 도발은 내가 아는 이야기 속 오크가 아니었다.

철저히 물불을 가리지 않고 들이밀어야 오크 아냐?

한데 오크 로드는 당당히 팔짱 낀 체 오연히 목책 위를 응시할 뿐, 별다른 지시를 내리지 않고 있다.

전략가가 따로 버티고 있음인가?

나는 오크 진영 가운데서 전략가를 찾았다.

흉포하게 번뜩이는 오크 로드의 오만한 눈이 의식하는 곳을 따라갔다.

…음?!

오크 로드는 역시 몬스터 로드 시리즈답게 유저가 분했음이 확실했다.

전문용어로 '유저의 빙의체' 라 한다.

그 덕에 감정이 실린 시선의 선이 읽혀졌다.

저 작은 천막을 향한 눈엔 흉폭함과 오만이 사라지고 있다.

뭐지? 저 눈에 담긴 느낌은?

나 역시 경험한 아릿한 느낌인데… 전장과는 거리가 먼 느낌이었다.

평범한 작은 천막이었다.

하나 적갈색으로 다른 칙칙한 갈색 천막과 구별되었다.

저 안에 오크 로드와 교감하는 무언가 있음인가.

무시못할 조직력의 배후이니 천막의 동태를 의식해야 했다.

미세한 차이가 있었다. 오크 셔먼들이 발하는 강렬한 주력 파장이 적갈색 천막을 비켜가고 있었다.

천막의 무언가가 주력을 배척하고 있음이라.

…….

마력을 겨루는 공방이 지루하게 이어졌다.

오크의 공세는 침착하고 꾸준했지만 드워프들을 압도할 정도는 아니었다.

가진 마법의 일천함이리라.

하나 오크들은 질이 아니라 양으로 승부하고 있다.

오늘은 몰라도 내일 아니면 일주일 뒤에도 이런 막상막하의 마력 대치가 이어질지는 의문이었다.

그런 우려를 날려 버리는 거대한 소음이 뒤에서 났다.

슈퉁—!

씨에에에에에에에에에에엑—!

대기를 가르는 기다란 궤적 소리가 사납다.

꽈광—!!!

오크 진영 한가운데에 거대한 폭음과 함께 비산하는 분진, 오크들의 단말마가 구슬프게 피어올랐다.

이에—!!!

드워프들의 함성이 힘차게 울려 퍼졌다.

이제 막 제작을 마친 장거리 투석기와 공성기기가 본격적으로 투입된 것이었다.

놀라운 사정거리!

다시금 파괴적인 궤적 소리가 머리 위를 가로질렀다. 폭음,

아비규환의 비명으로 연결되었다.

오크 진영 머리 위로 정육면체의 바위가 떨어져 박혔다.

이 각이 진 면이 대기를 가르며 찢어지는 비명을 토했으니…….

이것은 공포의 소리!

마력체보다 긴 사거리로 오크 진영은 순식간에 혼란의 도가니로 화했다.

지면에 떨어진 돌은 땅을 길게 할퀴는 식으로 지나가며 밀집한 오크들의 몸을 펑펑 터뜨렸다.

섬뜩한 그림이었다.

역시 장비를 이용하는 면은 인간이라도 드워프를 앞설 수 없다.

지금이 관찰을 마무리할 때?

오크들의 전략가는 이 사태를 어떻게 해결할 것인가?

음?

오크 로드가 움직이기 시작했다.

허리춤에서 끈이 달린 검은 막대를 꺼내더니 검은 막대를 휘어 끈을 막대 끝에 걸었다. 드러난 깃은 W자 형대의 활이었다.

그리고 철근 같은 굵기의 화살을 활에 쟀다.

마치 이를 기다렸다는 듯 등 뒤로 투석기의 발사음이 울렸다.

파괴적인 궤적음이 생기는 순간, 오크 로드는 하늘 높이 화살을 날렸다.

딱히 겨냥한 것 같이 보이지 않았다. 하나 결과는 놀라웠다.

직선의 검은 궤적이 찢어지는 비명을 토하는 입방체의 돌에 정확하게 충돌했다.

끼에에에에에엑, 파팟!

꽈릉!!!

천둥이 울리며 입방체의 바위가 가루가 되어 흩어졌다.

무슨 정밀 요격 미사일이 따로 없다.

이어지는 대기가 찢어지는 소음에 이은 천둥소리!

날아오른 바위가 하늘 위에서 깨져 버렸다.

오크 로드에서 시작된 검은 궤적이 공간을 편가르듯 갈랐다.

속수무책으로 요격되어 부서져 나가는 바위 덩어리들…….

아무리 오크 로드지만 오크 주제에 활을 입신(入神)의 경지로 날린다고?

검은 궤적에서 익숙한 향기가 났다.

이것은?

그렇다. 로드 시리즈의 상징!

파편 무구!

타르타로스의 활이었다.

또 하나의 타르타로스의 아이템이 나타났음이라.

그리고…….

……넌, 내 꺼다!

Act 07
엘리시온의 방패

機甲戰記
기갑전기 매서커

機甲戰記
Massacre
기갑전기 매서커

슈슛, 슉—! 쿠궁, 쾨광!!!

직선의 검은 궤적이 세차게 허공을 가를 때마다 어김없이 바위가 부서져 나갔다.

예외없다.

놀라운 연사에 사기 같은 정확성하며… 잘 짜여진 클레이 사격 장면을 보는 것 같다.

오크가 활을 무기로 다루는 장면은 신선한 그림이었다.

목책 위 굴강(屈强)한 드워프 전사들의 눈엔 당황함과 노여움이, 좀 더 솔직히 말하자면 옅은 두려움이 자리 잡았다.

저 정도면 활의 사정거리 역시 문제될 것 같지 않다.

활이 목책을 노리면… 결코 좋은 그림으로 연결되지는 않으리라.

그런 면에서 문제의 오크 로드는 유저의 빙의가 확실했다.

오크들을 보호하기 위해 능력을 발현하고 있음은 여타 오크 지휘관들과 확연히 다른 점이 아니고 무엇이랴.

그래서인지 하찮은 자신들을 보호하기 위해 나선 지도자에 대한 오크들의 열기가 커져가고 있다.

오크들의 오크 로드에 대한 호기심이 담긴 두려움의 눈은 흠모로 바뀌고 있다.

사기가 높아지고 있음이 눈에 보일 정도다.

저 오크 가운데서 '오크 솔저'와 오직 오크 로드에 충성하는 '오크 나이트'가 나올 것이다.

장기전은 드워프에게 절대적으로 손해가 되는 그림으로 흐르고 있었다.

드워프 쪽 중독 사상자를 감안하면 오크들은 사상자가 없는 것이나 마찬가지.

장자 드워프가 드워프 전사들의 동요를 눈치챘음인지 이마에 고랑 같은 주름이 파였다.

"…오크 따위에 신기를 사용해야 되다니……"

나로선 알 수 없는 중얼거림이었다.

"…장로들을 기다릴 수 없다."

말보단 그 어감에 갈등이 강하다는 느낌이 중요했다.

한데 신기(神技)?

여기 와서 처음 듣는 단어다.

역시 뭔가 숨기는 게 많은 드워프들이었다.

대지의 심장, 대지의 눈의 유래에서부터 노움과의 과거 관계라든지… 오크 바인더에 빠진 내용까지.

모든 게 드워프들의 입장에 충실한 이야기뿐이다.

그 중심에 이 외눈의 장자 드워프가 있다.

인간으로 치면 그 성향을 뭐라고 해야 하나?

잘 정제된 정치인이라는 인상에 가깝다.

물론 나는 정치인은 모른다. 현실에서 그 누구도 말을 섞은 적이 없다. 그렇다. 알지 못한다.

어쭙잖은 중간 관료들이 내가 접한 현실의 최고 권력이리라.

여하튼 정치인은 거짓말을 하지 않는다.

단, 진실을 말하지 않을 뿐임을 알고 있다.

역사가, 세계가 증명한 명제다.

더 나아가…….

진실을 바탕으로 거짓을 말하면 사기꾼이라 한다.

거짓을 바탕으로 진실을 말하면?

정치인이다!

이 둘 중 해악의 크기는 말해 입 아프다.

어떤가? 감이 오는가.

그렇게 이 원칙에 충실한 느낌을 장자 드워프는 일관되게 풍겼다.

지금의 알 길 없는 중얼거림은… 자신의 결정을 합리화시키기 위한 자기최면을 거는 모습은 아닐까.

그 연장선에서 지금의 낭패는 무엇을 말함인가.

지금까지 수많은 대화에서 확인했듯 다른 종족의 입장에서 자신들을 바라보지 않고 있다.

인간, 정확히는 고대의 이슈타르인들, 그리고 초과학의 노움, 친화의 엘프에 대한 적의가 만만치 않다.

자신들의 선조를 노예로 부린 인간에 대한 적의는 너무도 당연하다.

한데 다른 종족 노움에 대해선 자신들을 배신했다며 이를 간다.

엘프에 대해선… 인간을, 노움을 끌어들인 중계자로 지목했다. 그리곤 자기들끼리 갑자기 사라져 버려 그 적의는 노움에 비할 바가 아니다.

그렇다. 자신들은 늘 피해자로 묘사하고 있다.

나는 며칠 전 장자 드워프에게 은근슬쩍 강철거인에 대해

물었다.

그는 단호하게 가슴을 치며 자부심을 담아 말했다.

고대 인간들이 이용했지만 강철거인은 엄연히 드워프들의 유산이라고.

드워프가 아니면 만들 수 없는 금속 재료와 이를 정밀 가공해 만들어졌다는 것이다.

맞는 말이다.

유저로선 재현 불가능한 부분이 곳곳에 숨어 있었다.

그렇기에 던전에서 출토된 고대의 부속을 조립하는 정도가 현재 유저들이 할 수 있는 전부다.

단순 조립이지 재현과는 거리가 멀다.

한데 정말로 드워프의 도움만 있으면 강철거인을 다시 재현할 수 있을까?

유저 메이드 강철거인 말이다.

나는 아니라고 확신한다.

유물로 출토된 강철거인 어디든지 주문처럼 각인된 문구가 있다.

나는 문명세계의 방패이자 검!

처음엔 그 문구가 골렘 오너의 자긍심을 고취하는 문구인

줄 알았다.

아니었다. 바로 강철거인 그 자체가 문명 세계의 방패이자 검이라는 것이었다.

고대의 문명 세계……. 유저들은 고대 이슈타르인들의 전성기라 알고 있다.

당시 문명 세계란 인간, 드워프, 노움, 엘프들이 교류하는 세계의 통칭이었다.

이 네 종족이 서로의 지식과 지혜를 나누었다.

이 문명의 정점으로 하늘 위를 흐르는 거대도시를 만들기에 이른다.

그리고 의문의 몰락!

고대 이슈타르의 몰락은 이 네 종족의 교류의 단절로부터 시작되었다.

그 단절의 핵심에 인간의 탐욕이 있다는 식이 드워프의 주장이다. 과연 그게 전부일까?

여하튼 강철거인엔 분명 드워프의 지식이 개입되어 있다.

그리고 노움의 지식도 깊이 개입되어 있을 것이다.

마찬가지로 엘프들의 지식도 숨겨져 있을 터이다.

아직 나에게 이슈타르의 몰락에 대한 수수께끼는 주어지지 않고 있다. 아니, 이는 전 유저들에게 이미 주어진 수수께끼이리라.

그 수수께끼의 시작이 PART2 드워프의 등장으로 시작되었음은 짐작할 수 있을 뿐이다. 파편 전쟁에 등장하지 않았던 오크 군단이 시작일 수도 있다.

여기서 활하면 당연히 엘프인데 오크가 당당히 들고 나왔다.

그리고 지금 드워프는 신기를 말하고 있다.

장자 드워프의 외눈이 오크 로드의 검은색 활에 사납게 꽂혔다.

"역시 신기였단 말인가? …내가 오크 따위에……."

믿을 수 없다는 불신의 눈으로 혼란스러운 빛이 역력했다.

그리고 외눈은 모종의 결심으로 사납게 번득였다.

"놈. 내 눈을 먹어치운 대가를 치르게 될 거야!"

…….

이런……. 장자 드워프는 저 아래 활을 든 오크 로드와 모종의 관계가 있었다.

그는 의문을 풀 기회를 주지 않았다.

장자 드워프가 크게 명령했다.

"장자들을 소집한다. 장자회의를 긴급으로 개최한다. 안건을 묻거든 신기의 봉인 해제!"

그는 나를 보지 않고 목책 아래로 발을 옮겼다.

어깨에 들어간 힘은 뭔가를 이미 결정한 다음의 각오가 걸려 있음이라.

그런 장자 드워프를 바라보는 젊은 드워프 전사들의 눈은 '드디어'라는 기대감으로 일렁거렸다.

드워프만이 알 수 있는 사건이 벌어지려 함인가.

방관자는 오직 지켜볼 따름…….

* * *

흑의 번뜩임, 검은 궤적이 하늘에 쫙쫙 선을 그었다.

대지가 토하는 뇌격이 이럴까.

굉음, 여지없이 비산하는 회백색 바위 파편들.

다시 돌아온 장자 드워프의 눈엔 여유가 배어 있다.

장벽이 무너졌다. 한데 '너 잘 만났다!'는 듯이 오크들이 대거 몰려왔다.

동서남북 뒤죽박죽, 혼란 그 자체였다.

전혀 계획 없이 모인 독립적인 부족들의 분주함 속에서도 단 하나의 목적은 선명했다.

오크들의 눈은 드워프들을 향한 탐욕과 정복욕보단 분노와 증오로 똘똘 뭉쳐 있다.

그것은 드워프들의 말살!

드워프와 오크 사이에 철천지원수 관계가 맺어졌음인데 드워프들은 장벽 안에서 안주했다. 그 세월은 길다.

오크들이 드워프들의 주장대로 일방적인 가해자가 아니라는 것이다.

그 증거로 드워프들은 오크들의 생태와 전술을 잘 파악하고 있었다. 오크 바인더의 정보는 곁에서 지켜본 것처럼 생생하다.

드워프들이 절대 장벽 안에 고이 있지 않았음을 말한다.

구체적인 예로 젊은 드워프 전사들이 오크들의 송곳니로 목걸이를 만들어 걸고 있음을 허다하게 볼 수 있다. 용맹의 증거로.

눈앞 외눈의 장자 드워프 역시 목에 금물 먹인 오크 송곳니로 만든 목걸이를 몇 겹으로 걸치고 있다.

긍지 높은 드워프 전사는… 오직 자신의 전리품만으로 치장한다.

그렇다. 장자 드워프가 지금까지 죽인 오크들의 수가 족히 천은 넘길 수 있다는 계산이 나온다.

게다기 어지간한 오크를 잡아 송곳니를 뽑지 않았을 것이다.

최소 자신의 병장기와 맞대며 자웅을 겨룬 전사 급 이상의 오크들이었으리라.

그 과정에 더 많은 오크들이 죽어나갔을 것이리라.

오크들의 무기와 갑옷을 치장한 몬스터 해골이 애처롭게 느껴질 정도다.

그렇다.

장벽 안에서 힘을 비축한 드워프들이 정기적으로 오크들을 학살하고 다닌 것이다.

아래 모인 오크들의 눈에 가득 찬 증오와 분노의 눈빛이 그 증거!

나의 일방적 짐작과 증거 없는 추측은 이어지지 않았다.

땅에서 시작한 날카로운 검은 궤적이 하늘을 지배했다.

장자 드워프의 미간에 불쾌한 협곡이 깊이 자리 잡았다.

안대를 고치는 것이 잃어버린 한쪽 눈이 아리는 듯하다.

"이놈, 어리다고 봐주었지만 어림없다. 까불 수 있을 때 실컷 까불어라."

그는 확실히 오크 로드를 알았다. 평균 이상의 덩치와 피 흘리는 문신 같이 변한 외형이 아닌 '검은 활'을 통해서이리라, 한쪽 눈을 앗아간.

말이 끝나기 무섭게.

꽈광—!!!

검은 궤적 하나가 목책에 충돌. 충격 부위가 산산이 부서지며 네다섯의 드워프 전사를 튕겨 날려 버렸다.

우와악—! 크헛—

뒤늦은 단말마의 비명이 목책 안을 메웠다.

부서진 목책 파편이 신체에 박혀 듣기 거북한 신음이 애달프다.

마치 포탄이 떨어진 여파와 흡사했다.

이제야 활이 손에 익은 것인가?

그렇게 오크 로드의 활은 방어에서 공격으로 전환, 포탄을 날린 위력을 어김없이 발휘하기 시작했다.

"빌어먹을, 투석기에 인원을 증원해! 사정없이 날리라고!!!"

오크 로드에게 틈을 주면 안 되는 것이었다.

장자 드워프는 나를 힐끗 보더니 결심한 투로 전사 드워프들에게 명령했다.

"지금부터 신기의 봉인을 해제한다. 장로회를 거친 결정은 아니지만 내가 책임진다."

다시 한 번 신기라는 단어가 나왔다.

장자 드워프의 명령이 떨어지기 무섭게 검은 궤 하나가 목책 위로 올라왔고 곳곳에 흩어져 지휘하던 나머지 장자 드워프들이 속속 도착했다.

마지못한 표정의 장자들도 보였고 득의한 얼굴의 장자도 있었고 못마땅한 얼굴의 장자도 있었다.

못마땅한 장자 드워프 중 하나가 외눈의 장자 드워프를 노려보며 말했다.

"이를 통해 우리 대지 일족에 대족장이라든지 왕을 자처하는 자가 나타나면… 그 사태를 과연 당신이 책임질 수 있을까요? 장로들의 노여움은 또 어떻고?"

"나는 더 이상 장로 지위에 연연하지 않으려 하오. 우리 모두 다 죽은 다음 대족장이라는 지위가 무슨 소용 있으며, 장로들의 노여움이 무슨 의미가 있단 말이요. 이 모든 결정을 밀어붙인 건 분명 나이니 후에 살아남거든 나를 원없이 탓하시구려."

…….

모여든 장자 드워프들이 외눈 장자 드워프의 당당한 태도에 입을 다물었다.

"그럼, 시작합시다."

장자 드워프들이 마지못해 고개를 끄덕였고 검은 궤짝이 곧 외눈의 장자 드워프에게 넘겨졌다.

모인 장자 드워프들이 각자의 목에 걸린 열쇠를 궤에 밀어넣었다.

철컥철컥, 차르르르— 철컥철컥, 차르르르—

각 열쇠가 돌려질 때마다 기어가 맞물려 돌아가는 규칙적인 소음이 났다.

일견 번잡해 보이는 과정이 빠르게 마쳐졌다.

열쇠를 돌리는 장자들 중엔 벌벌 손을 떠는 장자도 있었고, 선선히 마친 이들 중에도 후회하는 표정이 역력한 이들이 대다수다.

그렇게 대지 일족다운 만장일치는 만장일치인데 께름직한 협조라.

상자 덮개가 서서히 열리며 무지개 색의 강렬한 빛이 상자에서 뿜어져 나왔다.

이 빛에 드워프들은 황홀한 얼굴로 받아들인 반면 나는 견디기 힘들 정도로 따가움을 느껴야 했다.

트로타로스 계열의 파편 주자여서이라. 여하튼.

땅땅땅, 모루를 내치는 망치의 강렬한 울림이 울렸다.

봉인 해제, 대족장의 방패!

'대지의 영웅이여, 방패를 들어 일족을 영도하소서-!'

그렇습니다. 이 무구는 신분의 상징으로 드워프 일족의 대족장과 왕의 상징입니다.

대지 일족은 지금까지 이 최고인의 발호를 철저히 막아왔습니다.

이제 봉인이 풀렸으니… 대지 일족은 더 이상 최고인의 등장을 거부할 수 없습니다.

이는 한 특정인을 위한 무구였다.

하나 더 이상 감상할 여유가 없었다.

"…음."

신음이 절로 새어 나왔다.

그만큼 빛이 강렬하다. 염산을 끼얹은 느낌이 이럴까.

드워프들은 멀쩡하다.

아니, 오히려 가호로 받아들이고 있다.

오직 나에게만 해당하는 피부를 뚫고 살을 태우는 고통!

상자 안에서 뿜어내는 빛은 나와 완벽하게 상극이었다.

피부를 파고드는 빛에 나도 모르게 타르타로스 파편 주자로서의 권능을 발휘했다.

"타르타로스의 권능, 빛을 삼키는 어둠!"

내 몸을 감싸는 검은 투명한 막이 만들어졌다.

후우우우우우—

Skill

타르타로스의 어둠.

'자신의 꼬리를 삼키는 도마뱀처럼 돌고 도는 어둠과 빛의 경주, 그 끝이 없는 영원한 고리여-'

복은 화로, 화는 재앙으로……

피부를 태우는 빛이 여전했지만 고통은 사라졌고 시야가 맑아졌다.

타르타로스의 어둠의 장막이 나를 편안하게 감싸고 있었다.

상자가 열리며 나타난 것은 장난감 같이 작은 원형에 가까운 육각형의 방패였다.

마상의 기사가 팔뚝에 착용해 날아오는 화살을 쳐내는 용도로 개발된 작은 방패였다.

전체적인 세공이며 외관은 단순하다. 하나 하늘은 품은 윤기가 표면을 타고 흘렀다.

이것의 정체는 파편 무구 시리즈 중 하나!

그리고 나와는 상극인… 가지고 싶어도 가질 수 없는…….

엘리시온의 방패였다.

Act 08
워 드워프

機甲戰記
Massacre
기갑전기 매서커

방패의 중앙엔 사람 눈동자가 문양으로 그려져 있다.

단순한 외형에 비해 문양의 생생함은 놀라운 것이었다.

그 눈동자엔 하늘이 담겨 있다. 하나 슬픔과 증오, 빛이 없는 절망이 흐르고 있다, 무구 자체엔 빛이 넘치고 있음에도.

전체적으로 흐르는 성스러운 환한 빛으로 아이템 자체에 위선적인 느낌을 강하게 발산했다.

이는 내가 반대 성향의 타르타로스의 파편 주자여서 생기는 반감일지도.

장자 드워프가 방패를 새로이 등장한 누군가에게 건넸다.

“대지의 가호가 그대와 함께하기를.”

그는 두 손을 머리 위로 들어 방패를 받았다. 왕관을 쓰는 느낌이 들었다.

“대지의 긍지를 받듭니다.”

동시에 환한 무지개 빛의 빛기둥이 하늘에서 떨어졌다.

…….

빛은 방패에 반사되어 사방으로 흩어졌다.

츠파아핫―!!!

사방으로 뻗어나간 빛은 드워프들의 무구와 무기에 스며들었다.

그러자 강산에 오염되었던 무구와 무기에서 오염된 때가 떨어져 나갔다.

그리고 무구와 무기에 빛이 은은하게 감돌았다.

놀라운 효과였다.

그 광경에 드워프 전사들의 몸이 떨렸다.

불신의 눈으로 지켜보던 장자들까지 몸을 떨었다. 더러는 눈물을 흘리기도.

빛을 바라보는 눈에 황홀함이 담기기 시작했다.

그리고 이 빛기둥 안에 오직 단 한 명의 드워프가 당당하게 서 있다.

그는 한 번도 본 적 없는 종(種)이 다른 드워프 같았다.

다른 드워프보다 머리 하나가 크다.

두툼한 넓은 가슴팍, 의외의 긴 팔하며 업소용 냉장고 같은 중량감을 풍겼다.

워 드워프였다.

전투를 통해 자신을 증명하는 드워프 사회의 병기!

과거 드워프 일족을 이끌던 대족장과 왕의 직계 혈족으로 절대 장인의 기술을 배우지 않았다.

오직 전투와 쟁투에 대해 연구할 뿐이다.

하나 장벽에 안주하며 워 드워프를 배출하던 대족장과 왕은 사라졌다. 그 직계 일족은 형식적인 명예만 주어졌고 무술로 소일하는 것만 허용되었다.

드워프 사회에서 화석 같은 존재로 취급받았다.

하나 엘리시온의 방패를 다루도록 허용된 유일한 드워프라는 것.

이는 그들이 종족을 위해 희생한 대가로 부여된 권능이었다.

어떻게 이렇게 잘 아냐고?

나를 추종하던 젊은 드워프 전사들이 대지의 심장을 이야기하며 자연스럽게 나온 이야기다.

대족장인 워 드워프가 가진 전설적인 무위를 입이 아프도록 자랑했었다.

그 워 드워프가 내 눈앞에 나타났다.

나와 눈이 마주쳤다.

눈빛엔 오만함과 자부심이 똘똘 뭉쳐 있다.

다갈색의 눈과 삼국지 소설의 장비가 연상되는 검은 고슴도치수염이 말해주고 있다.

그래… 나, 유저다!

당연히 나를 담은 눈엔 옅은 적의가 흐르고 있다.

자신의 이벤트에 같은 유저가 있다. 불청객이 있음이라.

그는 자신에게 주어진 역할을 충실히 하려 함인지 나에 대한 경계를 거두며 입을 한일자로 다물었다.

몰입하기 위해 말을 섞지 않겠다는 무언의 선언이었다.

무시에 가까운 반응이지만 그의 이벤트를 개입할 권한이 없으니 같이 무시하기로.

E&T에 도대체 얼마를 박아야 파편 무구의 주인으로 등장시켜 주는 거지? 궁금증에 입안이 근질거렸지만 지켜보기로 했다.

엘리시온의 방패가 그의 팔뚝에 채워졌다.

철컥!

하늘에서 떨어지던 빛의 기둥은 방패에 스며들며 사라졌고, 은은한 은빛의 윤곽이 워 드워프를 따라 흐르다 사라졌다.

이에에에에에에—!!!

거대한 함성이 목책 위 대기를 뒤덮었다.

드워프들이 드워프 전사들을 중심으로 무기를 들어 올려 워 드워프의 등장을 진심으로 반겼다.

검은 궤적 하나가 목책을 노리고 날아왔다.

바로 빛기둥이 떨어져 내렸던 그 지점이었다.

드워프 진영의 변화를 확인하고 싶은 떠보기 성격이리라.

워 드워프의 입술 끝이 가소롭다는 듯 씰룩 치켜올려졌다. 방패가 채워진 팔뚝을 가볍게 틀자 육각형 방패가 하늘 위로 부드러운 궤적을 그리며 날아올랐다.

쇠쇠쇠쇠쇠쇠쇳—!!!

부드럽게 날아오른 백은의 궤적이 검은 직선의 궤적과 충돌했다.

파츠으웅!!!

충돌점을 중심으로 찬란한 빛의 파편이 흩어졌다.

방패는 빛을 뿌리고 장자 드워프의 팔뚝에 얌전하게 귀착했다.

우워워워워워워워워워워워워!!!

드워프 전사들이 무기를 하늘 높이 흔들며 환호했다.

워 드워프의 입가가 오만한 미소로 살짝 비틀어졌다.

역시 그 대상은 나였다.

나의 관심은 파편 무구인 엘리시온의 방패에 모였다.

팔뚝과 엘리시온의 방패는 낚싯줄보다 가는 은의 선으로 연결되어 있었다.

이는 장난감 요요의 원리를 이용한 무기였다.

활에 비해 가용 범위에 한계가 있음이 느껴졌다.

나와 마찬가지로 이를 확인하려는지 오크 로드가 반응했다. 무수한 화살을 목책을 노리고 중구난방으로 날려댔다.

그 노리는 범위는 전에 비할 바 아닐 정도로 넓었다.

이에 호응해 날아오른 육각의 방패, 빛을 머금은 은의 궤적이 굵다.

수많은 직선의 검은 궤적과 은의 휘어진 궤적이 교차하며 쩌렁쩌렁 충돌했다.

머리 위에서 두 궤적의 충돌, 동시에 비산하는 흑과 백을 머금은 빛의 편린들!

쇠쇠쇠쇠쇠쇠쇠쇠쉿─!!!

공간을 가르는 방패의 마찰음이 대기를 지배했다.

저런 식이면 사정거리의 제한이 무의미하다.

이후로도 계속 서로를 확인하는 충돌이 이어졌으니… 대기가 어지럽다.

한쪽은 활을, 다른 한쪽은 강선으로 조종되는 방패를 날려 충돌시키는 그림이 사납게 이어졌다.

빛과 어둠이 충돌했다.

서로 한 치의 침범을 허용치 않았다.

연이은 충돌로 터지는 빛의 편린들이 눈을 파고들었다.

그렇게 목책은 완벽하게 엘리시온의 방패에 의해 보호되었다.

이것은 무의미한 충돌이었다.

그래서인지 오크 로드가 화살의 발사를 중지했다.

오크 로드의 눈에 이게 아닌데라는 당혹감이 걸려 있다.

그에 비해 왠지 재수없는 의기양양함이 워 드워프에서 고스란히 풍겼다.

왠지 나를 의식하는 느낌이 강하다 할까.

워 드워프가 나를 바라보았다. '이곳은 내 영역이다' 라고 말하고 있었다.

……그래, 니 팔뚝 굵다.

*　　　*　　　*

장군, 멍군…….

엘리시온의 파편 무구, 방패……. 신기는 신기였다.

워 드워프와 오크 로드가 서로를 말없이 주시하고 있다.

두 종족의 영웅 사이에 흔들리는 공기가 가련했다.

두 영웅이 견제에 들어가자 양측의 공방은 다시금 소모적으로 이어졌다.

다급한 전장의 소음이 거칠게 이어졌지만 나에겐 의미없는 지루함의 연속이랄까.

활도 빼앗고 방패도 덤으로 챙기려면 무슨 수가 있을까나?

야비한… 어부지리가 가능하려나?

나는 그저 순수할 뿐이다.

…욕심으로.

그게 나다.

다 안다고?

하나도 안 쑥스럽거든?! 흥.

여하튼 그러는 사이 오크 진영의 후위에 거대한 이상이 감지되었다.

"휘유—"

감탄성이 절로 흘러나왔다.

이건 새로운 변화였다. 아니, 커다란 변수였다.

오크 진영의 후위에서 갈색의 파도가 몰려오고 있었다. 질서정연하고 규칙적인 대오를 이룬 대부대였다.

외눈의 드워프가 어이없다는 투로 말했다.

“제길······. 결국 초원의 오크들까지.”

그랬다. 숲 너머 터전을 일구고 사는 초원의 오크였다.

지금까지 상대한 것은 숲에 터전을 둔 오크 부족이었다.

오크 바인더를 검색했다.

두 오크 사이엔 차이가 있다.

숲의 오크가 배가 튀어나온 고릴라 체형이라면 초원의 오크들은 막대기를 세워놓은 것처럼 가늘다.

비교하자면 그렇다는 것이다.

하나 배가 임신부 마냥 튀어나온 것은 같다.

두 거대한 오크 무리 사이에 충돌은 전혀 없었다.

오크 바인더에는 분명 앙숙이라 했다.

새로 등장한 오크들은 떨어져 천막을 치기 시작했다.

초원의 오크들의 특색인지 원뿔 형태로 천막의 지붕 끝이 뾰족했다.

동시에 오크 무리에서 파도가 갈리듯이 길이 생기며 그림자 하나가 그 가운데로 걸어왔다.

그 길의 끝은 오크 로드에게로 향하고 있다.

드디어 활을 든 오크 로드 쪽으로 2미터에 육박하는 장신의 오크가 다가왔다.

무려 3미터에 달하는 검은 장창을 쥐고 있다.

얼굴과 상체 전체가 와류 형태의 문신으로 가득 채워져

있다.

마찬가지로 문신에선 녹색의 피가 흐르고 있다.

"흥, 또 하나의 오크 로드라고? 놀고 있군."

장자 드워프가 조롱하는 투로 중얼거렸다.

어허, 이거 난감한 그림일세.

오크 로드가 있는데 또 오크 로드가 등장하다니.

두 오크 로드는 서로를 마주 보며 걸었다.

"크큭, 오크 로드는 결국 하나 아닌가? 게다가 놀라운 무기까지 들고 있으니 탐욕으로 찌든 오크로선 견딜 수 없는 유혹이지."

"……."

그는 이후 벌어질 그림을 확신했다.

"누가 이기는지 볼까? 이봐, 인간! 누가 이기는지 내기할까? 내기라면 인간은 거부를 모른다던데?"

"……."

꼬인 인공지능 같으니라고.

과연 그럴까?

그 와중에 오크 메이지들의 광역 공격은 끊임없이 이어지고 있다는 게 신기할 정도다.

천막 안의 요술이리라.

여하튼 두 오크 로드가 서로를 마주 보며 섰다.

사나운 눈으로 서로를 팽팽하게 노려보았다.

오크 메이지들의 공격이 뚝 그쳤다.

오크들도 결과가 궁금한 것이다.

둘 모두 새로 새긴 문신에서 쉴없이 녹색 피가 흐르고 있다.

둘은 서로를 향해 달리기 시작했다.

그리고 손을 뒤로 젖히고 배를 내밀며 뛰어올랐다.

이는 전형적인 배치기!

그런 아이 같은 장난스러운 도약이다. 하나 둘 다 오크치곤 덩치가 장난이 아니다.

둘의 배가 충돌하며… 주르륵 물러났다.

두 오크 로드의 얼굴에 걸리는 그리움이 배인 웃음.

…둘은 격하게 서로를 끌어안았다.

우워어어어어어어어어어어어어어어어어어어억―!

오크들의 환성이 대기를 덮었다.

나는 두 오크들을 보며 확신했다.

둘은 형제다.

＊　　　＊　　　＊

"…뭐지? 도대체 뭐야?"

외눈의 장자 드워프가 원하던 오크 로드 간의 다툼은 없었다.

두 오크 로드의 친애의 포옹에 오크 진영의 함성이 끊임없이 이어졌다.

활을 든 오크 로드는 키가 상대적으로 작지만 어깨가 떡 벌어진 넓은 체형이었고 창을 든 오크 로드는 머리 하나가 컸지만 어깨 폭이 좁았다.

두 오크 로드의 체형은 그렇게 다르지만 풍기는 분위기는 기묘할 정도로 흡사했다.

아니나 다를까, 주시하던 갈색 천막이 열리며 작은 체구의 오크가 나타났다.

나는 아티펙트의 힘을 빌려 시선을 당겼다.

허리가 굽어 지팡이에 의지해 걷는 쭈구렁탱이 여성체 오크였다.

바람 불면 훅하고 날아갈 것 같이 걸음이 위태롭다.

그리고 회색의 동공 없는 눈, 코를 벌름거리며 냄새가 이끄는 대로 두 오크 로드가 있는 곳으로 힘겹게 걸어가고 있다.

입가에 살짝 걸린 희미한 미소는 자애로움이 담겨 있다.

오크 로드 둘은 다가온 여성체 오크를 향해 급히 포옹을 풀고 무릎을 꿇었다. 그리고 무릎걸음으로 다가갔다.

극도의 존경이었다.

한데 이 늙은 여성체 오크에게선 그 어떤 주력도, 마력도 느껴지지 않았다.

그 무엇으로 오크 로드 둘의 존경을 이끌 수 있단 말인가.

오크 여성체와 거구의 오크 로드 둘이 눈높이를 맞추며 마주하기에 이르렀다.

여성체 오크의 반응이 이채롭다.

코를 쿵쿵거리며 다가온 오크 로드와 이마를 붙이며 끌어안았다. 이어 다른 오크 로드와도 이마를 맞추곤 젓가락 같은 가는 팔을 벌려 안았다.

이건 형식적인 포옹이 아니다.

그리움과 애틋함이 가득 담긴 포옹이었다.

이 세 개체는 서로를 품듯이 끌어안았다.

……

누구도 방해할 수 없는 시간의 정지가 있었다.

오크 진영이 고요하다. 마찬가지로 영문을 알 길 없는 드워프 진영 역시 침묵에 들었다.

*　　*　　*

문제의 오크 여성체를 알아본 것은 외눈의 장자 드워프였다.

"빅마마……. 그래, 빅마마야! 아직까지 살아 있었다니……. 이건 말도 안 돼!"

장자 드워프가 쥐어짜듯이 말했다.

빅마마?

오크 바인더에 있는 존재다. 오크들의 야만성을 강조히는 존재로 기록되어 있다.

> **빅마마.**
>
> 오크 부족을 이리저리 떠돌며 배우자를 들이지 못하는 하급 수컷 오크들의 새끼를 낳는 오크 사회의 바닥 아래 존재다.

그랬다. 빅마마는 반어적인 호칭이었다.

> 오크 사회는 극단적인 부계사회다. 태어나 젖을 떼고부터 생존에 필요한 사냥과 전투 기술을 전수해 주는 아버지에게 전적으로 의지한다.
>
> 오크는 늙은 아비를 위해 사냥감을 바쳐도 자신을 낳아 젖을 물린 어미는 보살피지 않는다.
>
> 자연 능력이 처져 배필을 두지 못하는 하급 오크 수컷들에겐 노후를 부양할 자식이 필요하다. 그때 필요한 것이 '빅마마'라는 시스템이다.

빅마마는 한 개체의 이름이 아니었다. 시스템의, 습속의 총

칭이었다.

존재 가치의 부정이다.

한데 저 빅마마는 특이하게도 여태껏 살아 있다.

빅마마는 연신 코를 벌름거리며 두 오크 로드의 냄새를 한껏 맡았다.

오직 냄새로 자신의 자식을 확인할 따름.

표정은 여한없이 그저 행복하기만 하다.

그러고 보니 장자 드워프가 알 정도면 저 문제의 빅마마는 특이한 빅마마이리라.

“어떻게 된 거죠?”

“저 빅마마는 늙고 병들어 더 이상 새끼를 낳을 수 없어서 오크 사회에서 폐기된 존재다.”

“응?”

“그녀는 내쳐졌고 홀로 떠돌았다 마찬가지로 오크 부족에선 성상적인 오크가 낳아도 연약한 새끼는 내쳐진다. 키울 가치가 있음을 어릴 때 증명해야 한다. 그 판가름은 오크 셔면이 하는 것으로 알고 있다. 여하튼 그런 버린 새끼를 저 늙은 빅마마가 거둬 길렀다.”

“……”

외눈의 장자 드워프는 시종 무미건조한 어투를 유지했다.

눈이 보이지 않는 노파가 어떻게? 그것도 야수가 넘치는 필드에서?

왠지 가슴 밑에 뭔가 뭉치는 느낌이 자리 잡았다.

“그렇게 숲에서, 그리고 초원에서 어린 새끼 오크를 홀로 키우는 게 자주 눈에 띄었다.”

“……”

“장난삼아 먹을거리를 두고 관찰했다. 그 먹을거리 전부를 비루한 새끼에게 먹이더군.”

“음.”

“나만 그런 게 아냐. 정찰에서 돌아오는 드워프들이 먹을

거리를 두고 귀환하는 게 관례가 되어버렸어.”

과연 오크에게 선의를 베푼 것일까?

정말 그게 다일까?

어감에 삐뚤어진 감정이 느껴졌다.

“제길……. 그 오줌을 갈긴 먹거리가 오크 로드를 키울 줄이야.”

“!”

그랬다. 선의의 동정이 아니라 오크 사회에서조차 버림받은 생명 이하에 대한 조롱이었다.

한 생명에 대한 멸시다.

드워프 전사들은 신선도가 다한 먹을거리를 버렸고 빅마마는 그것으로 연명했음이라. 드워프에 대한 분노가 치밀었다.

아무리 종족이 달라도 새끼를 키우는 어미를 조롱거리로 여기다니.

그때였다.

검은 장막이 세 모자를 휘감더니 부드러운 검은빛이 하늘을 향해 솟아올랐다.

저것은 타르타로스의 권능이다!

자식들이 권능을 발휘해 어머니에게 자신들의 능력을 선보이고 있음이라.

그 따듯함에 빅마마의 눈에서 기쁨의 눈물이 하염없이 흘러내렸다.

빅마마의 바람.

'자식을 기르고 싶어⋯⋯. 내가 낳지 않아도 좋아.'

빅마마의 바람은 오직 자식을 길러보는 것입니다.

빅마마는 부족에서 내쳐진 새끼 오크를 거뒀습니다. 이후 그녀는 목숨을 걸고 그 둘을 키웠습니다.

그녀는 토굴과 바위틈, 고목 안에 숨어 야수를 피했고, 비바람 치는 밤낮을 가리지 않고 먹을거리를 찾아 산야를 더듬었습니다.

⋯손톱이 빠지는 고통마저 단 한 번도 내색지 않은 의연한 어미입니다.

그렇게 빅마마의 사랑으로 기존 오크 사회와 격리된 채 두 오크 형제가 자라났습니다.

장성한 두 오크 형제는 오크 부족에 하급 오크로 받아들여졌지만 빅마마를 부양했습니다. 그런 두 오크 형제에게 오크 셔먼들은 감히 식충이를 부양하기에 사냥꾼의 증표도, 전사의 증표도 부여하기를 거부했습니다.

하나 드워프와 대치하는 순간, 수많은 오크 셔먼들이 이 두 오크에게 전사의 증표를 앞다투어 부여했습니다.

그러든 말든, 보라—

자식과 함께하는 그 자체에 행복해하는 어머니의 모습을.

저 주름에 깊이 새겨진 깊은 사랑을.

천힘 끝에 있는 귀함을, 저 존귀함을.

······.

내 가슴 깊은 곳에 응어리가 박혔다.

그렇게 메시지가 끝이 났다.

두 오크 로드에게서 풍기는 공통된 느낌은 같은 어머니를 두고 있음에 기인한 것이었다.

당연히 두 오크 로드가 우위를 놓고 다툴 리 없다.

장자 드워프의 기대는 무참히 무너졌다.

조롱거리로 사육하던 빅마마와 그의 두 자식으로 인해.

여기서 나의 의문.

분명 두 오크 로드는 유저일 텐데 어떻게 부모라지만 혐오스러운 오크의 애정 표현을 당연하듯이 받아들이고 있는 거다.

분명 가식없는 모자간의, 그리고 형제간의 정이 절절히 그들 사이에 흐르고 있다.

저 두 유저의 현실의 속사정을 이용하고 있음이라.

…이래서 E&T가 싫다.

機甲戰記
Massacre
기갑전기 매서커

오크 부족 사회에서 버림받고 드워프에게 조롱거리로 사육당하던 젊은 오크가 아무런 존경과 두려움의 대상이 되지 못한 오크 서먼이 건 최면 시험을 극복하는 것은 너무도 당연한 일이었으리라.

여하튼 오크 로드가 하나 더 늘었다. 게다가 이 오크 로드는 파편 무구, 타르타로스의 창을 가진 영웅이다.

두 오크가 파편 무구를 어떤 경위로 습득했는지는 알 길 없다.

더불어 숲의 오크들보다 무려 두 배나 많은 오크들을 대동했다.

장벽 아래 30만에 달하는 가죽 천막의 숲이 생겨났으니 고사한 숲과 어울려 갈색의 웅장한 바다가 펼쳐졌다.

두 형제 오크 로드의 등장에 오크 서먼들의 북소리와 징 소리가 신이 났다.

주력(呪力)의 폭주—

주력 파장이 눈에 보일 정도로 강력하다.

주력의 급팽창!

이게 다가 아니다. 오크 메이지가 펼쳐진 주력장에 마력을 부여했다.

주력과 마력은 성격이 다르다.

하나 지금 커다란 이적으로 이어지고 있다.

하늘에게 불비가 떨어져 내렸다.

대규모 광역 마법이 일으킨 규모를 넘어서는 규모다. 목책 너머 요새 터를 넘어, 드워프들의 풍요로운 농장까지 떨어지는 불비였다.

주력의 구름을 타고 마법의 불비가 떨어지고 있음이니 딱히 드워프 메이지나 소환사가 요격할 방법이 없다.

속수무책!

이어 경사면을 따라 이가 시리는 서리가 치고 올라왔다.

하늘에는 열기, 땅에는 냉기. 열기와 냉기가 충돌하며 거짓말 같은 돌풍을 만들어냈다.

전장 곳곳에 작은 토네이도가 만들어지더니 기어이 목책을 뿌리부터 흔들어댔다.

우당탕퉁탕!

드워프 전사들의 얼굴이 해쓱해졌다.

위기의 결정적인 순간, 목책을 흔들어대던 토네이도가 픽픽 꺼졌다.

그 자체로 엄청난 마력의 개입이었다.

오크 셔먼들이 자아내는 주력을 감당하기 위해 드워프 메이지들의 전력을 다하고 있다.

그러자 다시금 날아오르는 검은빛, 대지의 뇌격!

이에 워 드워프의 대응은 신속하고 침착하게 차근차근 은의 빛으로 해소해 나갔다.

하나 묵창(墨槍)을 든 또 하나의 오크 로드의 움직임이 심상치 않다.

오크 솔저와 오크 워리어를 이끌고 경사면을 오르기 시작했다.

그 자신이 선두에 서 있다.

우워어어어어어어어어억—!!!

입에서 터지는 함성에 오크 솔저들과 오크 워리어들의 어깨에 검녹색 빛이 내려앉았다.

빛을 머금기 무섭게 오크들의 근육이 팽창한다. 경사면을 오르는 속도가 세 배나 증가했다.

오크 워리어 뒤에 처진 오크 솔저들은 슬링을 일제히 돌려 돌을 날렸다.

씨씨씽—!!!

목책에 돌이 팍팍 박혀 들어갈 정도로 위력은 무섭다.

목책 위의 드워프들은 다가오는 갈색의 파도에 긴장함이 역력했다.

몬스터 퇴치용 거대 크로스보우가 드워프의 손에 쥐어졌다.

드워프 전사가 아닌 평범한 드워프들이었다.

가늘고 긴 쇠꼬챙이가 크로스보우에 위해 발사되었다.

정확히 겨냥할 필요가 없다.

콰콰콰콱콱!!!

투사된 쇠꼬챙이는 오크들의 방패를 뚫고 산적 꿰듯이 오크들을 꿰었다.

단말마의 비명이 터져 나왔다.

다시금 투척되는 오크들의 슬링 투석. 목책 위에 아슬하게 거치된 크로스보우가 부서지거나 조작하던 드워프의 머리가 터져 나갔다.

콰직, 크악!

장자 드워프의 얼굴색이 흙빛으로 변했다. 이게 아닌데라
는 얼굴이다.

목책에 접근한 오크들에겐 사다리가 없다.

대신 오크 로드의 타르타로스의 검은 창이 있다.

오크 로드의 묵창이 목책에 겨누어졌다.

검은빛의 오러가 물컹 자라나 창끝에서 분리되었다.

꽈릉—!

목책 밑동에 커다란 구멍이 생겨났다.

충분히 오크 하나는 지나갈 수 있을 크기다.

그러나 목책을 도모하기엔 이 하나로 부족하다.

다시금 묵창의 끝이 팽창했다.

우르르릉—!!!

폭음과 함께 커다란 구멍이 뻥 뚫렸다.

"어서 빨리 바리케이드를—!"

목책 아래에 대비하던 장인 드워프들이 급히 구멍을 메우
기 위해 바리케이드를 밀어붙였다.

하나 구멍은 목책 곳곳에 계속 생겨났다.

창을 든 오크 로드를 견제하기엔 워 드워프는 손이 묶인 상
태다.

거리를 좁힌 오크 로드의 묵창에서 검은 오러체가 다섯 개
연달아 분리되어 날아갔다.

순식간에 다섯 개의 구멍이 목책에 생겨났다.

이 역시 타르타로스 창의 효용에 익숙해져 가고 있음이라.

목책 아래가 벌집을 젓가락으로 휘저은 것처럼 어지럽다.

"전사단, 추우울—격!"

드디어 드워프 전사단이 묵창의 오크 로드를 노리고 투입되었다.

몇 군데 목책이 위로 들리며 수백의 드워프 전사가 오크 로드를 향해 일시에 달려나갔다.

오크 로드 역시 기다렸다는 듯 웃으며 마주 달려나갔다. 그 뒤를 괴성을 토하는 오크 워리어들이 따랐다.

목책 아래 경사면을 따라 처절한 단병접전이 벌어졌다.

와그작, 챠장! 크악—!!! 아악!

드워프 전사단과 충돌한 오크 워리어들이 튕겨 나갔다.

첫 격돌은 드워프 전사단이 질적으로 우월함을 증명했다. 하나 수에서 달렸다.

하나를 베어버리면 셋이 엉겨붙는 식이라 일시에 들이친 효과가 끝나자 밀리는 모습을 곳곳에서 보여주었다.

특히 묵창을 소유한 오크 로드의 위력은 놀라웠다.

현란한 창술로 드워프 전사들을 유린했다.

죽이기보단 노출된 손과 발을 노리고 창을 밀어넣었다. 더러는 창대로 후려쳐 넘어뜨리기도.

그렇게 중심을 잃거나 정신을 잃은 드워프 전사들을 노리고 오크 워리어들이 득달같이 달려들어 이빨 빠진 칼을 먹였다.

오크 워리어의 사체 위로 차곡차곡 쌓이는 드워프의 사체.

오크 로드가 가는 길을 따라 드워프들의 시체 길이 열렸다.

NPC론 유저가 분한 오크 로드를 제압하기엔 역부족이 확실했다.

저런 식이면 오크 로드가 목책 안으로 들이닥치는 것은 자명한 현실이다.

외눈의 장자 드워프의 수염이 분노로 떨렸다.

슬링에 머리가 터진 드워프들까지 다시 올라와 필사적으로 크로스보우를 발사했다.

"방패전단, 추울— 격!"

드워프 전사단의 예비대가 투입되었다.

드워프 방패 전단의 방패는 기형의 방패였다.

상체를 가리는 크기의 큰 원뿔형 방패로 전혀 방패로 보기 힘든 생김이었다.

나머지의 손에 들린 것은 날이 없는 무지막지한 타격형 도끼였다.

기존 드워프 전사들이 물러나며 방패전단이 자리를 메웠다.

배치 전환이 전사단답게 매끄럽다.

그리고 원뿔로 돌출된 기형 방패는 효과가 있었다.

오크 로드의 강력한 찌름이 방패면의 급경사를 따라 흘러 버렸다.

방패의 방벽에 오크 로드의 진격은 저지되었다.

그리고 목책 위에서 눈을 노리고 날아드는 강력한 저격, 장창의 오크 로드는 창을 흔들어 이를 털어야 했다.

유저 특유의 동물적인 반응이라.

하나 기세는 다시 반감되고 말았다.

이제는 저격의 사정거리에도 든 것이다.

그렇게 파죽의 돌격은 이루어지지 않았다.

오크 로드를 뒷받침할 오크들의 능력이… 너무도 일천했다.

그저 광기 담긴 괴성을 지르며 밀고 올라갈 뿐이었다.

기다란 크로스보우의 쿼럴에 네다섯이 산적 꼬치로 화해 쓰러졌다. 그렇게 쓰러지고 쌓이고 짓이겨져도 오직 돌격!

이들 역시 방패의 장벽과 충돌했다. 일시에 들이닥친 충격에 방패가 출렁거렸다.

하나 드워프 손에 들린 손도끼가 번뜩였다. 타격에 노출된 오크의 전위열은 허무하게 와르르 쓰러졌다.

비산하는 오크의 뇌수와 단말마의 비명이 섞여 경사면을

덮었다.

빈자리를 후위의 오크들이 채우고 몸으로 방패를 밀어붙였다.

다시금 출렁이는 방패, 방패에 밀착해 도끼의 궤적을 피하는 오크들이었다.

맞붙은 대치가 팽팽하다.

"후후, 이게 다가 아니지."

그 그림을 장자 드워프가 조소했다.

기이이이이이잉—!

원뿔의 방패에 모터가 돌아가는 특유의 기음이 흘러나왔다. 원뿔에서 칼날이 솟아 고속으로 회전했다.

비산하는 녹색 피와 진녹색 살점!

경사면을 덮을 정도로 흩어지는 진녹색의 피안개!

일시에 터지는 단말마는 귀신이 놀라고 혼백이 달아날 정도로 처참 그 자체였다.

오크들이 추수기에 쓰러지는 짚같이 쓰러졌다.

그 광경에 외눈의 장자 드워프는 주목을 불끈 쥐며 웃었다.

인공지능에도 고통이 있다. 나는 그렇게 믿고 있다.

오르골로서, 던전 인공지능이 현신한 기계용을 통해 그 자체에 생존 본능이 있음을 절절히 느꼈다.

다행히 칼날 방패의 고속회전은 멈추었다. 다시 원뿔의 얌

전한 형태로 돌아와 오크들을 향해 위협조로 접근했다.

다행히 동력의 한계가 있는 방어구, 아니, 무기였다.

척척척척척—!!!

한 발을 굴리며 방패를 앞세우는 그림은 하나의 유기체와 같았다

우워억—!!!

오크 로드의 입에서 다급한 짧은 경호성이 경사면을 덮었다.

장창의 오크 로드가 급히 창대를 휘둘러 광기로 눈이 돈 오크들을 제지했다.

다시금 짧은 함성을 토했다. 그제야 광기로 돈 오크들의 눈이 정상으로 돌아왔다.

오크 로드의 함성이 울렸다.

우워어어어어어어어어어어억—!!!

이는 함성이 아닌 비통한 울음이었다.

오크들의 눈은 공포와 증오로 뒤범벅되어 후위부터 차근차근 뒷걸음질치기 시작했다.

진격 시 보여주던 무질서한 움직임이 아니었다.

목책의 드워프들이 무기를 흔들며 환호했다.

"후후, 분쇄 방패는 바로 내 작품이야."

장자 드워프가 짧은 수염을 쓸었다, 기특하다는 눈을 하곤.

나는 고개를 절레절레 흔들었다.

눈 하나를 오크에게 잃고 나서 인공지능에 뭔가 중요한 부분이 사라진 게 확실했다.

그것은 분명 생명에 대한 경의이리라.

유저도 만들지 못하는 무기를 만든 게 그 증거 아닐까.

눈 아래에 지옥도가 펼쳐졌다. 경사면은 제 형체를 갖추지 못한 오크들의 사체로 뒤덮여 있었다. 진녹색 피가 실개천이 되어 아래로 흘러내렸다.

동료의 사체를 수습하기엔 갈가리 갈려 있으니 수습할 방도가 없다.

인공지능이 같은 인공지능을 상대로 가하는 폭력이 이렇게 잔혹할 수 있다니……. 강한 의문이 나를 흔들었다.

이건 아니다.

천적 시스템에 돌리기엔 보여지는 그림은 공감하기 힘들다.

영웅 시스템이 개입되어 갈등을 증폭시켰다고 보기도 힘들다.

E&T 시스템에 무언가 문제가 있다.

내 느낌은 위기를 경고하고 있다.

그 위기의 경고등의 시발점은 장자 드워프를 향하고 있다.

장자 드워프의 눈엔 생명에 대한 일말의 동정도 연민의 그림자도 자리 잡고 있지 않다. 꽉 다문 입이 살짝 비틀어져 올라간 것이 은근히 지금의 참혹함을 즐기고 있다.

무엇을 원함인가?

알 수 없다. 단지 이렇게 짐작할 뿐이다.

장자 시스템에서 장로 시스템으로 승격하기 위한 모종의 조건이 있는 게 아닐까 하는.

그러기엔 너무 잔인했다.

인공지능의 무서운 점은… 단순함이다, 올곧은.

비하하자면 단순무식하다.

장자 드워프의 기다란 눈썹 끝과 수염 끝이 경련으로 가늘게 흔들렸다. 관찰했기에 발견한 모습.

장자 드워프는 참극을 바탕으로 성장하고 있음이라.

땅에는 녹색 피비와 비탄의 절규가 맴돌고 있고, 대기 중엔 대지의 검은빛과 하늘의 백색 빛이 충돌하며 날카로운 빛의 편린을 뿌려댔다.

하늘과 땅이 울고 있었다.

*　　　*　　　*

오크 셔먼들의 북과 징 소리가 밤새도록 울리며 집단 주력을 발했다.

드워프 메이지들이 발한 마력과 충돌해 목책 위는 형형색색의 빛의 장막이 충돌하며 대낮처럼 아래를 밝혔다.

그렇게 전투는 계속 이어지고 있었지만 목책을 도모하는 오크들의 돌격은 없었다.

오크들의 주력은 자연현상을 구현하는 데 맞추어져 있음을 알 수 있었다.

파괴력은 떨어져도 미치는 범위는 기대치를 넘어서는 면이 있었다.

그러나 분쇄 방패에 대응할 방책이 없는 오크들로선 승기를 잡기가 어려울 터였다.

장거리 투석기에 관통력 높은 투사기며 강력한 공성병기들이 속속 만들어져 설치되고 있었다.

게다가 목책이 무너져도 석축 요새 터가 난공불락의 성채로 탈바꿈 중이었다.

그렇게 두 오크 로드의 등장에도 여유는 드워프 쪽에 있었다.

나는 장자 드워프에게서 분쇄 방패를 선물받아 살필 수 있었다.

그는 신이 나 있다.

“하하, 분쇄 방패가 공방에서 쏟아져 나오고 있으니 오크들이 우리를 넘보는 것 자체가 우스운 일이지."

자신만만했다.

나는 쓰게 웃으며 팔뚝에 찬 분쇄 방패에 밀리터리 캐릭 고유의 진력(盡力)을 주입했다.

특유의 낮은 모터음이 흐르며 칼날이 생겨났다. 이어 칼날이 고속으로 회전하며 공기를 분쇄했다.

섬뜩한 파괴력이 방어 도구인 방패에 담겨 있었다.

방어구임과 동시에 공격 도구였다.

내가 간단하게 분쇄 방패를 기동시키자 장자 드워프의 외눈이 커졌다. '아차!' 하는 얼굴로 변했다.

매서커의 오러에 고유의 권능을 실어 더 진척할 수 있지만 그만두었다.

내가 너무 간단히 방패를 기동시켜 버리자 경계하는 눈치가 역력하다.

그는 만족하며 수염을 부드럽게 쓸었고 반대인 경우엔 수염을 잡아당기듯 쓸었다. 그 차이를 내가 모를 리 없다.

방패는 드워프의 고유 진력에 반응하도록 세팅되어 있을 터이지만 내가 누구인가? 골렘 오너인 매서커다.

마나 컨트롤러에 진력을 주입해 강철거인을 기동시키는 원리가 방패 안에 숨겨져 있음이 감지되었다.

진력을 거두자 방패는 원상태로 돌아왔다.

아주 힘겨운 표정을 지으며,

"휴, 좋은 무기입니다."

솔직한 감상이었다. 엄살이지만 나름 정확한 평가이기도 했다.

"허허, 쓸 만하지?"

"…인간에겐 무리네요. 너무 무거워요."

"그런가?"

"예, 들고 있기가 버거워요."

이는 사실이다. 축 처지는 것이 오래도록 들고 있을 물건은 되지 못했다.

드워프의 든든한 팔뚝뿐 아니라 튼튼하고 짧은 다리가 받쳐주어야 하는 무기였다.

하나 능력 되는 근접 밀리터리 유저에게 팔면 불티나게 팔릴 아이템임엔 분명했다.

탱커들의 필수품이 될 수 있는 아이템이라.

떨떠름한 얼굴로 장자 드워프가 말했다.

"오크들을 토벌하며 겪은 전투 경험이 녹아 있는 무기지."

"방패 안의 장치는 깅칠거인의 기술이 녹아 있군요?"

"…음, 부인하지 않겠네."

대답하며 그의 얼굴이 쓰게 구겨졌다.

그 내막은 알 수 없지만 원천 기술이 없다는 것을 들킨 엔

지니어의 심정이 읽혀진다고나 할까.

드워프 사회를 둘러본 나로선 강철거인을 이룬 여러 기술들이 퇴보한 채로 남아 이용되고 있음을 알 수 있었다.

방향 전환이 애매한 탈것이 대표적이다.

이는 원천 기술의 원리를 규명하지 못하고 있음이니 즉, 드워프가 개발한 기술이 아니라는 말이다.

내가 그 점을 눈치챘다고 느꼈는지 장자 드워프의 입이 툭 튀어나왔다.

아, 인공지능의 순수함이여.

나는 분쇄 방패보다 그 안에 담긴 마나 모터에 더 관심이 갔다.

밀리터리 근접 캐릭의 진력이 마력에 의해 증폭, 거대한 물리력으로 구현되는 것이 강철거인의 기동 원리다.

더 나아가 진력에 몰입된 정신력인 부여되면… 오러가 된다.

당연히 드워프의 재료와 가공 기술만으로 불가능하다.

메이지의 마력이 초자연적인 현상으로 전환되는 매커니즘과 흡사하면서도 다르다.

마력의 발현엔 상상력이란 정신 에너지가 근간에 깔려 있다.

즉, 고도의 정신 에너지 증폭이 마력이라는 것이다.

여기서 '법기'라 칭하는 '마법 아티펙트'는 미약한 정신력에서 시작해 거대한 정신력으로 증폭과 확장을 이끄는 도구이다.

그 결과가 효율적인 초자연적인 현상으로 이어진다면 전설 급 아이템이 되어 쟁탈의 정점에 놓이게 된다.

매서커 캐릭으론 어떤 종족의 고유 기술을 이용했는지 파악할 수 없다. 기계사로 전직한 메이지 지오라면 이 안에 숨은 기술을 손쉽게 파악할 수 있을 텐데……. 솔직히 아쉬웠다.

말이 길었지만 드워프에겐 마나 모터를 만들 수 있는 기술과 공방이 있음이다.

강철거인의 내부엔 수백 개의 크고 작은 마나 모터가 탑재되어 있다.

제일 먼저 유저 메이드 부품을 만들라면 단연코 '마나 모터'이리라.

그 마나 모터가 방패 안에 탑재되어 있고 지금 양산되고 있다.

방패보다는 마나 모터를 제자할 수 있다는 게 중요했다.

장자 드워프의 표정이 썩 밝지 않다.

나는 그에게 유저들이 대거 유입되면서 강철거인이 되살아나고 있다고 이야기해 주었다. 당연히 차후 이를 놓고 드워프와 유저 간에 모종의 거래가 이루어질 게 뻔하다.

드워프 사회의 실질적인 지도자로서 드워프 능력에 대한 가치 책정은 중요한 문제다.

지금처럼 원천 기술을 가지고 있지 못하다고 의심을 받으면… 거래 자체가 불리하다

이미 교환 거래에서 바가지를 쓴 드워프들이 아닌가.

능력, 알기 쉽게 용역비라 치자.

그 가격을 책정하기도 전에 의심부터 받아서야 거래 과정에 약자가 되는 것은 한순간이다.

그렇게 나는 전혀 신경 쓰지 않는데 장자 드워프만 신경 쓰는 시간이 흘러갔다.

인공지능치곤 묘한 인공지능이 탑재된 장자 드워프였다.

약점을 잡히지 않으려는 너무도 인간적인 반응과 모습도 그렇고 인간의 잔혹한 일면도 낮에 보여주었기에 과연 장자 드워프의 멘탈 모델이 누구인지 궁금증이 생길 정도다.

모랄 모델이라 해야 하나.

그는 분명 유저의 빙의는 아니었다.

＊　　＊　　＊

… 사흘이 흘렀다.

징징징, 뎅뎅뎅, 삐리리리리리릿— 뿌워어어어어어억—

북, 징, 뿔 나팔, 고동 소리가 버무려진, 우리 식으로 표현하지면 잘 짜여진 커다란 굿판이 벌어지고 있었다.

하루 종일 듣고 있으니 내 어깨가 들썩거릴 정도.

그만큼 주력의 폭주와 팽창이 너무도 안정적이었다.

갑자기 우박이 떨어지고 폭우가 퍼부어지는 식의 초자연적인 현상이 드워프 진영 위로 꾸준히 발생했다.

누가 끈기없는 오크라 했던가.

달빛이 옅어지며 새벽 여명이 밝아오고 있었다.

드워프들의 얼굴엔 짜증과 지침이 역력하게 배어 있다. 하루 종일 기상이변에 시달려야 했으니 어지간한 체력의 소유자라도 버티기 힘들다.

인공지능에 가해지는 심리적인 압박이 분명 있었다. 당연히 전투력의 저하로 나타날 게 뻔했다.

도모하기엔 오크 서먼의 굿판은 오크 진영 깊숙한 곳에 자리 잡고 있다, 마치 유인하듯.

별동대를 꾸릴 여유는 드워프 쪽에 없다는 것.

그렇게 똑같은 하루가 가고 똑같은 하루기 시작하려 한인가.

그때였다.

오크 진지 멀리서부터 소란이 일고 있었다.

쩌렁, 씨에엑!!!

은빛이 대기를 직선으로 가르는 걸 본 것 같다. 그만큼 짧은 시간이었다.

오크 진영 후위에서 화광이 충천했다. 생기를 빨려 말라 버린 숲에서 거대한 불길이 합할 일이있다. 그디너니 뉴식산에 오크들의 막사를 집어삼키는 게 아닌가.

처음엔 바라마지 않던 오크들 간의 자중지란을 일으킨 줄 알았다.

한데 그 소란의 중심이 이동하며 점점 목책으로 다가오는 것이었다.

마침내 오크 서먼의 집단 연주가 뚝 끊어졌다.

이어지는 몰골이 송연한 단말마의 비명과 거친 함성, 병장기의 격렬한 마찰음이 새벽 대기를 집어삼켰다.

들끓는 함성과 고함, 타오르는 천막, 몸에 불이 붙어 땅을 구르는 오크들.

불붙은 오크들이 괴성을 지르며 새벽 공기를 찢었다.

오크 로드들이 둘이나 있었지만 이리저리 날뛰는 오크들을 진정시키기 버거워 보였다.

하나 오크 로드는 오크 로드, 오크 로드 특유의 하늘을 관통하는 노호성이 터지며 소란의 진원지에 대한 조직적인 추격이 이루어지기 시작했다.

활의 오크 로드는 불을 진화하러, 창잡이 오크 로드는 추격을 지휘했다.

다급하게 밀리는 건 소란의 중심이었다.

곧 경사면을 따라 다급하게 올라오는 다수의 그림자가 보이기 시작했다. 거친 숨소리가 목책을 타고 넘었다.

의문의 그림자에서 드워프 특유의 형광색 신호탄이 날아올랐다.

"…장로님이다ー! 방패전단, 출동! 엄호에 만전을 기하라ー"

그렇다. 봉화를 보고 복귀하는 첫 번째로 도착한 장로 그룹이었다.

방패전단이 엄호에 나서자 예의 위협적인 기어의 구동음이 새벽 공기를 분쇄했다.

이에 창잡이 오크 로드의 짧은 외침이 있었다.

추격하던 오크들이 주춤하며 그 자리에 멈추었다.

방패전단이 좌우로 열리며 문제의 그룹을 차곡차곡 안전하게 받아들였다.

오크들은 빙패전단과 일정거리를 두고 사납게 고성을 지르며 분통을 터뜨릴 따름이었다.

오크들을 이끌고 창잡이 오크 로드는 경사면에서 물러났다.

오크 로드의 판단은 정확했다.

오크들의 천막이 활활 타오르고 있었다. 말라 버린 숲이 천막을 마구 삼키고 있음이라.

오크 셔먼들이 다시 굿판을 벌여 비를 뿌렸다. 우박도 가리지 않았다.

열기를 식힐 수만 있다면 얼음 폭풍도 마다할 사정이 아니었다.

그렇게 오크 진영은 전투보다 불을 끄는 게 급선무였다.

그 반면 목책 안에 환영의 환호성이 울려 퍼졌다.

우와와와와와와와—!!!

나는 목책 안으로 들여보내진 낭패한 몰골의 드워프 무리를 눈에 담았다.

그 수는 대략 50여 명을 넘었다.

나는 그 가운데 장로 급 드워프를 찾았다.

옅은 어둠 때문에 그 드워프가 그 드워프였다.

그 가운데 수염을 댕기머리 같이 갈게 땋은 드워프가 보였다. 눈썹은 뺨에 닿을 정도로 휘어져 내려와 있다.

드워프 하면 수염, 역시 털이 아니던가.

그 드워프를 중심으로 많은 장자 드워프들이 몰려들어 가슴장갑을 주먹으로 두 번 치는 인사를 건넸다.

장로 드워프는 일일이 어깨를 짚어주는 것으로 답했다.

그렇게 인사를 나누는 장로 드워프의 얼굴에 그늘은 깊었다.

고개를 절레절레 흔들며 군집한 오크들의 규모에 어이없어함일지도. 이를 증명하려는지 오크 셔먼들의 연주가 요란하다.

예의 주력이 팽창하며 목책 위로 우박이 쏟아져 내렸다.

와다다다다탕탕—!!!

우박의 크기가 밤톨만 하다.

아프게 어깨를 때렸다.

벌써 수습한 것인가?

숲에선 뿌연 수증기가 피어오르고 있었다. 흙을 끼얹어 잔불 정리를 하는 오크들의 모습에선 당황함이 없다.

바람을 타고 매캐한 탄내가 올라왔다.

빠른 수습이 문제가 아니었다.

아래의 광경이 예사롭지 않다.

우— 하—!

우— 하 !!

우— 하!!!

두 오크 로드의 고함에 화답하는 오크들의 함성이 대기를 뒤덮었다.

이리저리 뒤섞여 있어도 부족간의 구분이 명확하던 오크
들이었다. 전투원들도 부족별로 움직였다.

그 오크들이 돌변했다. 그 구분이 사라졌다.

전사의 투기만 느껴지던 오크들에게서 바로 '군인의 사
기'라는 게 생기고 있었다.

아니나 다를까.

좋지 않다.

환란을 기화로 오크 무리에서 군대가 조직되고 있음이라.

백인대별로, 천인대별로 오크들이 도열하는 그림이 질서
정연하게 이어졌다.

유저가 오크 로드로 빙의한 것이 이런 데서 차이가 났다.

한데 내 문제는 앞이 아니라 뒤였다.

뒤통수가 짜릿하다. 바늘로 찌르는 듯한 시선이 나에게 모아지고 있다.

특이한 체형의 10인이 눈에 들어왔다. 특이한 후드형 망토를 걸치고 있었고 가는 인간의 체형에 가깝다.

후드가 흘러내렸다.

마치 은을 녹여 색을 먹인 밝은 은녹색, 은청색의 머리칼이 드러나며 주변을 환하게 밝혔다.

자체발광!

왠지 퇴폐적으로 느껴지는 하얀 피부 톤……. 그리고 결정적인 특유의 뾰족 귀!

그중 여성체로 보이는 존재가 나와 눈이 마주쳤다.

백금에 금으로 희석한 은노랑의 머리색에 보라색 눈동자가 지극히 만화적이었다. 하나,

!

'아씨―!' 라는 유저 특유의 짜증 섞인 표정이 읽혀진다는 것.

그렇다. 엘프였다.

그리고 저 여성체는 유저가 빙의한 엘프라는 것.

김틴으로 입을 벌릴 여유가 없다.

그녀는 로브 안에서 은빛으로 환하게 빛나는 활을 꺼내 들어 나를 향해 겨누었다.

!

누가 말릴 사이도 없이 화살이 먹여지고 뇌격에 버금가는 빛의 폭발이 있었다.

일직선으로 뿜어지는 은의 뇌격!

종착지는 감탄으로 살짝 벌어지려는 내 입안이다.

하나 내가 누구인가?

여인 지옥에서 단련된 지오 아니던가.

눈이 마주치자마자 나는 분쇄 방패를 들어 올리고 있었다.

파충—!

맑은 파쇄음이 울리며 뼛속이 아리는 진동이 팔뚝을 타고 올라와 골을 흔들었다.

뒤이어 씨엑—! 하는, 공간을 가르는 소리가 났다.

창졸지간에 벌어진 일이라 어떻게 반응해야 할지 갈피를 잡을 수 없다.

급히 방패를 내려보았다. 분쇄 방패에 은의 화살이 박혀 활 깃이 파르르 떨고 있다.

화살은 깃에서부터 곧 빛의 입자로 화해 사라져 버렸다.

놀라운 반응!
당신은 뇌격시를 방어했습니다. 엘프들이 당신의 반사 신경에 경의를 표합니다.

다 필요없다.

이! 미친!! 그래, 이런 씨빌!!

어떤 욕을 날려줄까?

기억 속 욕지거리 데이터베이스가 쾌속으로 검색되어 리스트를 열거했다.

욕지거리 랩으로 발작하려는 나보다 나머지 엘프들이 더 놀라며 활을 재차 먹이는 여성체 엘프를 말렸다.

약간의 가벼운 승강이가 있고, 마지못해 활을 내리는 여성체 엘프였다.

…….

그렇게 공격을 단념한 듯하더니 동료들 사이에서 안도의 틈이 생기자마자 활을 들어 올렸다.

하프를 퉁기듯 빠르게 당겨지는 두 번의 손짓!

은빛 화살 두 개가 공간을 갈랐다.

이번의 목표점은 나의 두 눈!

고개를 방패에 숙여 무음의 뇌격시(雷擊矢)를 피했다.

파충, 파충!

두 번의 묵직한 충격타가 골을 흔들었다. 뒤이어 울리는 사나운 궤적음.

뭐 이런!

인공지능이 내게 축하의 메시지를 토했지만 눈앞의 상황에 알아볼 겨를이 없다.

이제야 여성체 엘프를 완벽하게 제지하는 엘프들이었다.

말리는 엘프들 역시 어안이 벙벙한지 표정이 난감 그 자체다.

여성체 엘프는 칫―! 하는 입술 모양을 그리며 나를 향해 혀를 살짝 내밀어 약을 올렸다.

서로 아는 사이라면 도저히 미워할 수 없는 장난기가 담긴 매력적인 표정이리라.

뭐 이런 '황당체'가 있단 말인가?

나, 너 모르거든?!

얕은 미인계에 넘어갈 내가 아니다. 미인이 넘치고 넘치는 지오다.

화를 토하려는데 그 대상이 사라지고 없다.

제지한 엘프들의 손에 축 늘어진 로브가 있다.

…….

어라?

정수리에 위기감이 고조되었다.

방패를 들어 막기도, 고개를 틀어 회피하기도 늦었다.

최선의 방어는 공격, 보지도 않고 검집체로 하늘 향해 크게 휘둘렀다.

검집을 타고 전해지는 세 번의 묵직한 충격!

무릎이 후들거리는 충격이었다.

칫- 하는 불편함을 발하는 소리가 머리 위에서 들렸다.

엘프 여성체는 제지하는 동료의 어깨를 밟고 도약한 상태에서 화살을 무려 세 발이나 날린 것이었다.

삼연발의 뇌격시를 나름 극적으로 막았지만 여성체 엘프가 하강하며 내지른 발은 막지 못했다.

투탁닥-!

발길질이 어깨를 강타했다.

"크윽!"

나는 그대로 하늘을 보고 쓰러지고 말았다.

벌렁 꼴사납게 드러누운 내 위로 여성체 엘프가 당당히 자세를 잡고 서 있다.

한 발은 검을 쥔 팔을 밟고 다른 한 발로 가슴을 누르듯 밟고 있다.

무게가 느껴지지 않지만 꼼짝할 수 없다.

당연히 문제의 은색 활을 미간 사이에 위협적으로 겨누고 있다.

활을 당긴 손끝에 빛이 모이며 화살의 형태가 잡히고 있다.

아담한 입가에 이제야 잡았다는 사냥꾼의 흉측한 미소가 걸려 있다.

제, 젠장!

이유는 알고 죽어야지?!

부활되면 이곳으로 돌아올 방도가 없다. 그보다… 미요는?

곧 사형 집행이 이루어지려는 찰나…….

!

…헙!!!

이거슨?

나는 천국(?)을 보았다.

그렇다. 퇴폐적인 하얀색 다리를 종아리에서부터 허벅지 깊은 곳까지 완벽하게 조망하고 있는 위치라는 것.

나를 기어이 죽이겠다는 여성체 엘프의 집념에 특대의 경의를!

…죽어도 좋아…….

그래, 죽어도 좋다. 이 순간만 기억하자.

내 얼굴에 체념과 절망 대신 황홀함이 걸려 있을 터.

나의 반응이 이해되지 않는지 여성체 엘프의 눈에 의문이 걸렸다.

“……?”

“…….”

그 잠깐의 망설임이 나를 살렸다.

“…어이, 거기까지…….”

고요하게 속삭이는 목소리가 여성체 엘프 등 뒤에서 울렸다.

낯선 날선 감정이 실려 있지만 나에겐 너무도 익숙한 목소리다.

바로 미요였다, 나의.

활을 겨눈 여성체 엘프의 목에 새파란 어쌔신 블레이드가 닿아 있다.

여성체 엘프의 우아한 속눈썹이 파르르 떨렸다.

그렇게 그림은 이대로 고정!

왜 이제 나타난 거야? 하며 가볍게 앙탈을 부리고 싶지만 눈앞의 천국이 이를 가로막고 있다.

그것 하나도 과분한데 하나 더 늘다니…….

이것은?

발할라, 발할라, 발할라!

그렇게 나는 살아서 발할라로 인도된 최초의 전사가 되고 말았다.

이 상황을 뭐라고 해야 할까?

차안 좋은데… 뭐라고 표현할 방법이 읎네~

Act 10
엘프가 엘프가 아니다

機甲戰記
Massacre
기갑전기 매서커

드워프 사회의 큰 어른 장로 드워프의 간곡한 중재가 있었
다.

드워프의 땅에 하이엘프의 피가 떨어져서는 안 된다는 간
곡한 호소였다.

이런 기회를 놓칠 미요가 아니다.

미요는 드워프 장로에게서 안전 보장과 보석이 가득 든 보
석 상자, 엘프들의 사과와 엘프들의 호박 보석을 선물로 받고
서야 검을 풀었다.

그리곤 '콜 미~' 라고 말하고 바람처럼 어디론가 사라졌다.

이 와중에 뭘 하는지 굉장히 바쁘다. 아, 그녀는 전장 알레르기가 있으시단다.

훌륭한 체질이다.

그러고 보니 바미안 공방전 때도 그런 것 같기도 하다.

물론 나에겐 주먹을 들어 보이며 '눈 돌리면 죽어?!' 라는 뉘앙스를 날린 건 막간의 덤이다.

여기서 미요의 등장은?

나른한 황금색 눈의 검은 고양이가 의기양양하게 내 다리 사이에서 오락가락하고 있다.

내가 위기의 순간을 알렸으니 고마워하라는 나름의 위세였다.

놈은 미요가 박아놓은 감시역이다.

그래, 네 덕에 내가 살았다.

나는 짬 타이가를 들어 올려 가슴에 한아름 안은 채 목 부위를 긁어줬다.

놈은 목을 길게 빼며 눈을 지그시 감았다. 그렁그렁— 하는 만족에 겨운 소리를 낮게 흘렸다.

지긋지긋한 감시역인 줄로만 알았는데 이처럼 조기 경보기 역할을 하는 기특한 구석이 있다니.

따뜻한 포유류 특유의 온기가 벌렁거리던 흥분(?)을 가라앉혔다.

발할라를… 들키진 않았겠지?

눈앞의 두 개의 발할라는 사라졌다. 이는 나만이 간직한 천국의 여운이리라.

"칫……."

은금발의 여신께서 여전히 적의를 드러내며 분한 눈으로 나를 노려보고 있다.

짬 타이가의 앞발을 들어 나름의 '뻑 큐―!'를 선사했다.

쓰ㅂ, 상대를 말자.

여하튼 다짜고짜 활을 날린 엘프는… 뭐, 그 거창한 '하이 엘프' 되시겠다.

엘프 사회의 존귀한 존재, 드워프 사회의 장로를 넘어서는 존재 되시겠다.

그녀의 변명 왈, '엘프의 기준엔 유저든 이슈타르인이든 인간은 오크와 동격!' 되시겠단다.

당연히 적으로 보고 활을 날렸다는 것.

내가 드워프들의 손님이라고 짐작하지 못했다 이거다.

참 어이없다.

엄연히 저들보다 드워프 사회에 발을 들인 건 내가 먼저다.

그거다. 내가 같은 유저라는 것.

워 드워프처럼 자신의 모험을 방해한 해방자로 여기는 게 확실했다.

저들은 영웅 시스템을 통해 구현된 하늘에서 그냥 뚝 떨어진 유저들이다.

몬스터가 아닌 이상 모종의 대가를 E&T에 지불했다는 뜻으로 게다가 파편 무구를 손에 쥐고서.

그러고 보니 영웅 시스템에 파편 무구 세트면 얼마짜리 프로섹트더라?

이런 건 일단 가격이 없다.

음, 나에 대한 분노가 이해가 될 듯하다.

장미의 이야기가 생각났다.

몬스터 로드에 파편 무구를 엮어 한국 E&T에 지불한 금액이 장난이 아니라 했다. VE사가 오래간 쌓은 유대에 몬스터 로드 시리즈임에도 그러했다.

VE사는, 아니, 장미는 나를 평생 노예로 부릴 권리가 있다는 으스스한 말을 당연하다는 투로 했다.

제길, 그러고 보니 현실이 꼬이고 있다.

근래 VE사는 오르골과 기계용의 처단자로 팬텀의 영상을 교묘히 편집해 대박을 터뜨렸지만 여전히 장미가 나를 보는 눈은 배고픈 암사자의 그것이었다.

현실은 현실, 여하튼 그럼 눈앞에 하이엘프와 엘프들로 분한 유저들은… 최소 VE사 급의 거액을 들일 수 있는 세력이라는 뜻이다.

즉, 가상사회의 성골(聖骨)이라.

좋다. 나 같은 하찮은 육두품 유저와 같은 장소에 있을 수 없는 성골이라 치자.

그래도 다짜고짜 활부터 먹이다니…….

이가 갈렸지만 발할라를 선사받은 것으로 용서 대신 두고 보기로 했다.

어?!

마음이 너무 넓은 거 아니냐고? 학살 마왕, 매서커잖아?

어허, 내가 냉정할 때는 냉정하다.

장로 드워프가 엘프까지 대동하고 나타났으니 의문을 푸는 것이 먼저 아니겠는가라며 이 비굴함에 면죄부를 부과하자.

절대 세가 불리해서가 아니다.

절대 눈부시게 예뻐서가 아니다.

절대 가슴이 커서도 아니다.

절대 다리가 늘씬해서도 아니다.

절대 이국미가 넘쳐서도 아니다.

절내… 그렇다는 기다.

다 안다고?

내가 괜히 자기 합리화, 자기 정신 승리법의 달인 아니겠는가.

그렇다. 나는 비굴하다.

…돈 냄새에!

한데 그렇게 백번 양보했건만 의문을 풀기는 요원할 것 같다.

엘프들의 눈에 희미한 분노의 감정이 흐르고 있다.

도착하자마자 유저인 나를 발견했지, 의문의 여성 유저에게 목숨이 간당간당한 상태에 놓였지, 비굴한 사과에 보석까지 위로금으로 상납해야 했으니…….

미요를 향한 적의까지 더해져 사사파(死死波)를 나에게 날리고 있다.

가만, 위자료를 받아야 하는 건 내가 아니던가?

…….

잊자, 잊어.

유저가 분한 12인의 엘프 그룹, 장로와 장자 드워프들, 나, 이렇게 같은 자리에 있었지만 드워프들만 이야기를 주고받을 뿐이다.

다행히 기초 정보가 들려왔다.

나만큼 갑작스러운 엘프들의 방문에 장로 드워프에게 의문이 많은 장자 드워프들이었다.

장로 드워프가 연장자로서 나에 대한 의문을 먼저 토로했다.

"유저인은 이슈타르인과 전투력이 다르다는 게 사실이로군. 어떻게 신기로 발사한 뇌격시를 한 번도 아니고 연속해서 세 번 피한 것도 놀라운데 쳐내기까지 하다니……."

이는 전사로서의 존경이었다. 보는 눈은 있어가지고.

느껴지는가?

그렇다. 장로 드워프는 착실한 인공지능의 향기를 팍팍 풍기고 있다.

아니면 고도의 정치적 발언이던가.

엘프들의 얼굴이 벌게졌다. 그리고 의문이 가득 담겼다.

과연 일개 유저가 그 거리에서 발사된 신기의 저격을 막고 쳐내는 게 가능한가 하는.

자연 나에게 모아지는 관심에 고양이 앞발을 들어 무언의 인사를 건넸다.

외눈 장자 드워프가 의문을 참지 못하고 물었다.

"장로님, 엘프들과 같이 오실 줄은 몰랐습니다."

"아, 이런이런. 내 정신하곤. 정착지를 찾아 탐험을 하고 있는데… 공간 균열이 생긴 장소를 발견했어. 공간의 균열 뒤는 말 그내로 새로운 세계였고……."

장로 드워프가 잠시 수다쟁이가 되어주었다.

장로 드워프와 호위 전사단은 공간의 균열 속으로 들어갔다.

그곳에서 거대한 나무 위에 자리한 엘프 부락을 발견했다.

텅텅 비워진 부락이었다.

아름다운 원시의 숲은 곳곳이 태워지고 알 수 없는 독에 오염되어 죽어가고 있었다.

결정적으로 간간이 발견되는 고블린들의 사체.

탐색을 멈추고 돌아가려는데 엘프들에 의해 포위되고 말았다.

그리고 수세기 만의 대화가 이루어졌다.

엘프들은 의외로 유저, 드워프와 가까운 곳에 있었다.

엘프들과 세계를 격리시킨 장막은 일종의 공간 왜곡에 의한 눈속임이었다. 그 눈속임의 시한이 현재 다 된 것이다.

장막 곳곳에서 균열이 발생하기 시작했고 그 작은 균열을 따라 '모방의 고블린' 들이 침투해 들어왔다.

모방의 고블린…… . 야만의 오크 못지않은 호전적인 종족으로 부족에 따라 그 지닌 능력의 편차가 크다.

오크들과 가까이 있는 고블린들은 놀라운 사냥꾼의 능력을 발휘했고 인간과 가까이 있어 영향을 받은 고블린들은 인간들의 다양한 능력을 근사치로 발휘했다.

그 모방은 원형에서 항상 3% 부족했고 극단적이다.

이런 식이다. 오크들이 그날의 양식을 사냥하는 데 비해 고블린들은 씨를 말리는 사냥을 한다. 인간들의 도시를 모방해

흙담집의 군락을 지어 주변 자원을 고갈시키고 버려 버린다. 그리고 이주해 똑같은 일을 반복한다.

절대 뒤를 생각하지 않는다.

그렇다. 고블린들은 이웃에 가까이한 종족의 문명과 문화를 마이너스식으로 카피하는 데 능하다.

어떤 고블린은 조잡하지만 내연기관과 기계류를 이용하는 모습이 발견되어 유저들의 관심을 끌었다. 자연 그 근처에 노움이 있다는 소문이 무성하게 일고 있다.

그 고블린들이 장막 안의 엘프들과 항쟁 중이었다.

당연히 이 고블린들은 인간의 욕망을 베이스로 한 일족과 오크들의 야수성을 기반한 두 일족으로 지금은 조화의 종족, 엘프들의 친화력을 카피하더니 타락한 정령들을 소환해 숲을 오염시키고 있다.

그 결과 숲 곳곳에 사막이 생겨났고 이 사막이 숲의 정기를 빨아들여 장막의 균열을 키우고 있다.

엘프 사회의 위기의식은 크다. 곧 인간들에게 발견될 것이기에.

엘프들도 새로운 터전이 필요함이라.

오염되지 않은 원시의 대지, 숲이 필요했다.

이는 왜곡 장막의 설치에 필수 조건이었다.

그렇게 드워프 사회에서 발생한 일이 엘프 사회에서도 발생하고 있었다.

"…동병상련이라 할까."

서로 정보를 교환하자는 협정이 맺어졌다.

장로 드워프의 설명은 그것으로 끝이었다.

정말 이게 다일까?

오직 정보 교류를 위해 하이엘프가 드워프 사회를 방문하다니.

나는 드워프의 장벽과 엘프들의 장막에서 공통점을 발견할 수 있었다.

시기적인 차이는 있지만 그것은 두 종족의 인간 사회와의 완벽한 격리를 가져왔다.

그 격리를 가능케 한 무언가가 떠올랐다. 바로 대지의 심장이었다.

마찬가지로 공간의 왜곡을 가능케 한 무언가가 엘프에게도 있으리라. 그들이 뭐라고 부르는지는 알 수 없지만.

…엘프 역시 그 이기를 작동시키지 못하고 있는 게 아닐까?

설명을 마친 장로의 눈이 내 검에 꽂혔다.

"앗?! 그것은 대지의 눈!"

……

순간 엘프들의 시선도 나에게 쏠렸다.

너무도 자연스럽게 하이엘프의 활이 나를 향했다.

*　　*　　*

소란 같은 소동이 있었다.

우쭐우쭐.

이번만큼은 순순히 감평을 허락하지 않았다.

엘프들의 반응이 드워프보다 재미있다.

안절부절함이 역력했다.

"…제길, 이럴 수가. 설마 일개 유저가 가지고 있다니……."

"칫, 제공받은 정보는 맞았는데 드워프가 아니었어."

알 수 없는 불평들이다.

하여튼 무려 열두 명 모두 유저가 빙의한 엘프였다.

팔찌 등 체형 보정 아이템을 했다곤 해도 기본적으로 엘프 일족은 기럭지가 길죽길죽 가늘다. 태중에서 다이어트를 해도 저런 형상은 빈사 직전의 기아 체형이다.

놀랍게도 위태롭지도 안쓰럽지 않으며 건강하기까지 하다.

폭식의 시대에 살고 있는 현대인이 원하는 이상체형일지도.

하이엘프 역을 발로 빙의하신 여성 유저의 경운 체형 보정 아이템의 흔적을 찾을 길 없다.

머리색은 골든 실버라 해야 하나?

여하튼 등까지 흘러내린 가지런한 머리칼에선 후광 같은 빛을 발하고 있다. 절로 고개 숙여지는 고귀함은 자연스럽다.

반면 보라색 눈에 고귀함과 위엄과는 거리가 먼 편협한 고집이 담겨 있다.

퇴폐적인 하얀 손으로 가는 목을 쓰다듬었다.

목에 난 붉은 선이 신경 쓰이나 보다.

미요의 흔적이다.

이제 그녀의 눈이 내 허리에 찬 검을 장식한 대지의 눈에 꽂혀 있다.

이게 아닌데라는 짜증이 고스란히 배어나왔다.

엘프 몇이 이 상황에서 기지개를 쭉쭉 켜는 것이 주인장 부재 모드 상태였다.

곧 눈에 생기가 돌며 기지개를 중지했다.

청은발의 차가운 기운이 풀풀 풍기는 남성체 엘프가 말했다.

"확인 결과 영웅 시스템엔 문제없습니다. 저 유저가 E&T가 바라마지않은 영웅 중 한 명이라 하는군요. 더불어 정보 상인에게도 알아보았습니다. 공식적인 세력은 미미하고 적은 넘치는 전형적인 독불장군이라는군요. 하찮지만 충분히 귀찮은 존재가 될 소지가 다분하니 적으로 돌리지 말라고 충고하고 있습니다.”

“칫. 일이 처음부터 꼬여 버렸네.”

“아앙님은 나서지 마시고 출발 전 정한 역할대로 외교는 제가 전담하겠습니다.”

아앙이라고 불리는 하이엘프는 자신의 아랫입술을 살짝 깨물며 마지못해 입을 열었다.

“…타루님 좋으실 대로.”

거리가 떨어져 있고 등을 돌리고 있어도 이들의 대화는 전부 들었다.

내가 괜히 정탐꾼 짬 타이가를 품에 안고 있는 게 아니다.

‘도둑고양이의 귀!’ 라는, 짬 타이가가 가진 능력으로 모두 엿들을 수 있다.

그런데 뭐시라?

하찮은?! 독불장군?! 귀찮은 존재?!

바미안의 영주, 나에 대한 이야기리라.

‘하찮은’ 은 ‘놀라운’ 으로, ‘독불장군’ 은 ‘전위적인’ 으로, ‘귀찮은 존재’ 는 ‘존귀한 존재’ 로 표현해도 되잖아?!

이래서 한국에서 출세하면 찍힌다니까.

나에 대한 설명이 더 있다.

타루가 말했다.

"확실한 건 아니지만… 기계용의 처단자, 동신 팬텀과 연결되어 있을 수 있으니 조심하라는 첨언입니다. 아시다시피 팬텀은 VE사의 비밀병기입니다."

"칫, 재수없는 장미! E&T에 그렇게 손해를 보아도 발을 빼지 않더니 어디서 그런 비밀병기를……. 역시 믿는 구석이 있었어."

"그리 걱정할 것 없습니다. 우리가 대대적으로 나선 이상 지금의 격차는 무의미합니다. 그리고 장미 쪽은 이미 많은 손해를 본 상태입니다. 우리는 이제 시작이고 소수정예니 유리한 건 저희 쪽입니다."

"당연히 그래야 돼요, 늘 그랬으니."

대화를 들으니 장미 쪽과 경쟁 관계에 있는 세력이라는 답이 나왔다.

품 안의 고양이가 팔로 내 팔뚝을 톡톡 두들겼다.

…알았다고?!

품은 상태에서 목 밑을 긁어주었다.

황금색 눈을 므흣하게 감으며 갸르릉 소리를 냈다.

그제야 가늘게 줄어들던 대화가 바로 옆에서 말하듯이 다시 들려왔다.

싸지만 까다로운 놈일세.

여하튼 아앙이라는 하이엘프를 제외한 다른 엘프들이 의견을 교환 중이다.

"저 유저를 상대로 대지의 눈을 빌려야 하는 게 우리 입장인데……."

"조금씩 접근하죠. 자연스러운 게 중요한 겁니다."

"시간은 넉넉하니 천천히 약점을 찾아도 보고요. 살펴보니 여친에게 꽉 잡힌 것 같은데 여친 쪽을 공략하는 것도 한 방법 아닐까 합니다."

"후후, 정 안 되면 미남계라도 써보죠. 남친이 비리비리해 보이니 잘 구슬리면 우리 편이 될 수 있고요. 아니, 되게 만들어야죠."

"그래요, 여친이 우리 쪽을 지지하면 남자는 따라오게 되어 있습니다."

자신감 과잉이다. 그리고 이들이 E&T 시스템을 아주 우습게 여기고 공부를 하지 않았음을 알 수 있었다.

허접한 레벨 이하 생물이 도청을 하는데도 감지 못하고 있다.

뚝 떨어진 유저의 진형적인 실수를 히고 있다.

그 덕에 살짝 놀아줄 의향이 마구마구, 무지무지 생겨났다.

엘프들의 대화가 뚝 끊어졌다.

……

살짝 눈을 돌려 옆에 자리한 드워프 전사의 방패를 바라보
았다.

유리면 같은 방패 표면에 조명에 반사된 엘프들의 모습이
들어왔다.

싸늘하게 굳은 얼굴로 연녹색 피리를 꺼내 들이 주변을 두
리번거리고 있다.

등을 돌리고 서 있는 나를 바라보는 눈이 날카롭다.

이크, 감청을 들키고 말았다.

그래, 절대 도청이 아니다.

한데 엘프들의 눈은 나에게서 멀어졌고 목책 위에서 아래
를 내려다보는 장자 드워프를 향하고 있다.

손엔 황금실로 우아한 문양이 상감된 뿔 고동이 들려 있다.

조금 전까지 고동의 끝이 귀에 붙어 있었으리라.

외눈의 장자 드워프는 특유의 시큰둥한 얼굴로 고개를 들
렸다.

피리라는 아티펙트가 고동이라는 도청 아티펙트를 감지했
음인가?

나를 돌아보지는 않았다.

짬 타이가라는 생물을 매개로 한 감청은 알아채지 못했다.

하긴 엘프들이 너무 자기들끼리 뭉쳐 이야기가 길었다. 궁
금할 만도 했다.

아니면 실무의 장자 드워프답게 엘프들과 협상 전에 우위
에 설 뭔가가 필요하다고 판단했을지도.

그렇게 세 종족 간에 무언의 신경전이 오가는 중에 경사면
을 타고 광풍이 올라왔다.

!

바람의 울부짖음이 예사롭지 않다.

*　　　*　　　*

아침햇살에 모습을 드러낸 것은 괴수였다, 거대한.

비늘이 검다. 윤기없는 절망의 색이다.

용도 아닌 것이, 그렇다고 공룡의 형상을 닮은 것도 아닌,
다리가 지면에 붙은 파충류 형태의 눈이 넷 달린 몬스터였다.

중앙의 두 눈은 네모다. 양옆에 붙은 눈은 세모다.

크기는 버스 두 대를 연결한 크기에 꼬리가 주걱 형태로 우
스꽝스럽다. 하나 이 주걱 형태의 꼬리가 땅을 내려칠 때마다
지면이 퉁퉁 울렸다.

오크 로드 중 활삽이 오크가 머리 위에 지리 잡고 있다.

검은색 타르타로스의 활로 괴수의 목 좌우를 치며 요동을
부추겼다.

나는 장자 드워프 곁에 붙었다.

“저건 뭐죠?”

“다크 크롤러다. 기원은 알 수 없지만 보는 바와 같이 오크들을 따르는 거대 괴수다.”

“강한가요?”

“…충분히 한 마리 성체가 한 개 견니단을 진멸시킨 적이 있다. 그 사건 이후 새끼 때 보이는 족족 죽였는데 살아남은 놈이 있을 줄이야. 하긴 이 넓은 숲에서 개체를 멸종시킨다는 게 웃기는 일이지.”

“오크들의 주요 전력이겠군요.”

“그렇다. 하지만 저렇게 다 자란 녀석이 우리 눈을 피해서 자라났다는 건 믿기지 않아. 알려진 성체보다 두 배나 큰 녀석이라니……. 심상치 않아.”

예상은 적중했다.

목책을 타고 발바닥을 울리는 지면의 울림은 다 이유가 있었다.

“와우, 역시 한 마리가 아니군요.”

그랬다.

대장 다크 크롤러가 꼬리로 지면을 굴린 건 동족을 호출하기 위한 신호였다.

아침 여명을 받아 검은 윤기로 반들거리는 작은(?) 다크 크롤러들이 나타나고 있었다.

　그 크기는 오크 로드의 다크 크롤러에 비할 바는 아니지만 어지간한 미니승합차만 한 것들이 대부분이었다.

　작은 다크 크롤러들은 곧 오크 나이트들을 목과 등에 받아들였다.

　울려 퍼지는 오크들의 환성!

　난감한 표정의 장자 드워프였다.

　목책과 요새 사이에 드워프 전사들이 자이언트 울프와 조를 맞추고 출격 준비를 하고 있다.

　귀환 중인 장로 드워프들을 엄호하기 위한 별동대였다.

　별동대를 투입하기 직전 오크들이 다크 크롤러로 종족 특유의 기병대를 만들어 버렸으니 난감한 상황이 되어버린 셈이다.

　아직 돌아오지 못한 드워프 장로와 전사단의 수는 17개 전대나 되었다.

　수가 문제가 아니라 말로만 전해지는 장로들의 지혜, 그리고 제일 핵심인 대지의 심장을 제사장인 대장로가 가지고 있다.

　오늘 새벽 같은 행운이 니머지 전사단에 주어질 리 없다.

　오크 전사들을 태운 다크 크롤러들이 대장 크롤러의 울림에 맞추어 꼬리로 지면을 내려쳤다. 그 규칙적인 대지의 울림에 오크 셔먼들의 연주가 가세했다.

예의 마력을 머금은 주력이 팽창하며 다크 크롤러를 덮쳤다.

주력을 머금은 검은 비늘이 금속 성질 특유의 광택을 띠기 시작했다.

다크 크롤러들이 고개를 경쟁적으로 빼머 디기로 흩이지는 주력의 여운을 흡입했다.

"빌어먹을, 할 건 다하는군. 안 그래도 단단한 비늘을 금속 재질로 변이시키다니……."

"……."

엄살은.

메이지 지오를 불러 기계용을 소환해 보이면 어떤 표정을 지을까?

아, 그러고 보니 이 매서커 캐릭으로 소환할 수 있으려나.

준비와 시간이 문제로고.

나는 오크 나이트와 다크 크롤러 조합으로 이루어진 오크 기병대가 사방으로 흩어지는 것을 지켜보았다.

정찰이 목적임이 역력한 움직임이다.

다크 크롤러 위의 오크 나이트들은 오크 로드를 향해 무기를 들어 올리며 함성을 토했다. 충성이라는 확고한 의지가 담겨 있다.

역시 조직의 힘이 생겨나고 있음이라.

오크 로드가 활을 들어 환호에 답했다.

어제보다 오크 로드의 덩치가 자라 있었다. 근육은 근육 형태의 갑옷을 걸친 것처럼 단단해 보였다.

분명 외형적으로 성장이 있었다.

저 근육에서 날려질 '대지의 뇌격시' 는 또 다르리라.

오크 로드들이 지금 파편 무구의 권능을 하나씩 알아가고 있음이라.

드워프 진영에서도 변화가 있었다.

워 드워프의 방패에서 강렬한 빛이 발산되었다.

그 빛은 흩어져 흠모의 정을 발하는 드워프 전사들의 갑옷에 스며들었다.

빛의 윤곽이 갑옷에 선명하게 자리 잡았다.

드워프 진영에서 워 드워프를 둘러싸고 사기 높은 함성이 울려 퍼졌다.

오크 쪽엔 두 개의 파편 무구가, 그리고 이쪽도 이제 두 개의 파편 무구를 가지고 있다.

어느 쪽이든 파편 무구의 권능을 자신의 능력으로 유도하는 순간 대단한 싸움이 벌어질 게 뻔했다.

양측 모두 파편 무구를 보는 눈은 힘에 취해 흘려 있다.

나 역시 저런 눈으로 파편 무구를 바라보았으리라.

매서커는 파편 주자다.

그리고 지금은 자발적 빈털터리 상태.

나름 파편 무구에 대해 냉정하게 평가할 수 있는 위치다.

보았듯이 파편 무구가 없으니 하이엘프의 뇌격시에 가볍게 발할라로 떠날 뻔했다.

순간 내게 파편 무구가 단 하나만 있었어도라는 생각이 그냥 들더라.

그렇다. …의지하고 있음이다.

그 점을 느끼는 순간 등에서 식은땀이 났다.

파편 무구를 사용하면 사용할수록 무구가 가진 권능에 취해 의지하게 되고… 결국 노예가 된다.

이것은 오래전 내가 내린 진단이다.

그렇게 냉정히 판단했다고 자부하면서도 그 힘을 바라고 있다니…….

바로 이것이 파편 무구 자체가 지닌 마력!

소유자가 아무리 냉정해도 소용없다.

이를 E&T의 신기(神器) 시스템이라 부를 수 있으리라.

파편 무구를 영웅(英雄) 시스템에 딸린 부록처럼 생각하지만 절대 그렇지 않다.

동신 팬텀의 경우가 그렇다.

무려 세 개의 파편 무구를 가지고 오르골과 기계용에 도전했다.

그만큼 무모한 도전이 가능케 보이는 착각을 세 개의 파편 무구가 부여한다.

이는 뿌리칠 수 없는 강력한 유혹!

결국 메이지 지오의 도움이 보태져서야 기계용을 처단할 수 있었잖은가.

만약 메이지 지오와 오르골 골렘과 우우의 기적이 없었다면?

그냥 기계용에게 파편 무구 세 개를 상납하고 말았으리라.

던전을 운영하는 인공지능이 기계용으로 실체화한 것 역시 파편 무구를 노리고 무리수를 둔 것이다.

신기는 무려 인공지능마저 눈을 멀게 만든다.

그렇다. 신기의 검끝은 항상 그 소유주인 영웅을 가리키고 있다.

영웅이 자만과 오만에 쩔어 탐욕으로 눈이 멀었을 때를 노리고 검끝을 돌리리라.

이는 결정적인 순간 능력적인 배신이 아닌 능력의 극대화로 터무니없는 도전을 계속하도록 유도하는 것으로 가능하다.

그럼 지금 달관한 것 같이 잘난 척하는 내가 멀쩡한 이유는?

그것은 내가 E&T가 규정한 탐욕보다… 그 정도가 절대적으로 크기 때문이다.

나의 탐욕은 목숨을 걸고 하는 유희!

그 무엇으로도 측정되고 수치화될 수 없다.

나는 걱정스러운 눈으로 파편 무구의 소유자들을 바라볼 수밖에 없다.

솔직히 서들이 걱정되지 않는다.

말 그대로 불사의 유저니까.

이들의 쟁패에 사그라질 수많은 인공지능이 안타까울 뿐이다.

빛을 머금은 갑옷에 흘려 워 드워프를 흠모의 눈으로 바라보는 젊은 드워프 전사들 중엔 메이지 지오의 홍정에 말려든 젊은 드워프들이 포함되어 있다.

그 누구보다도 전장에 앞장설 것이다.

물론 인공지능에 영도 혼도 없다. 하나 유저들의 기억 속엔 남아 있다.

어떤 유저에게는 추억일 수 있는 기억으로.

저 멀리 젊은 드워프 전사 출랑카가 나를 향해 전투 도끼를 흔들어댔다.

그 나름의 아는 체였다.

내게 대지의 심장에 대한 정보를 제공했다.

나에게 호감을 여전히 유지하고 있는 몇 안 되는 드워프다.

그리고 그는 지금 워 드워프에게 깊이 경도되어 있다.
그는 과연 몇 번의 전투를 견딜 수 있을까?

약간 양심이 아린다. 이것이 악어의 양심일지라도…….

Act 11
혼미한 전장

機甲戰記
Massacre
기갑전기 매서커

아침이 밝아오며 새벽을 밝히던 별빛을 집어삼켰다.

비교적 작은 체구의 다크 크롤러들이 정찰대로 흩어진 다음 오크 진영에 남은 다크 크롤러들은 수를 헤아릴 정도의 소수만 남아 있다. 이층 버스 크기만 한 대형 다크 크롤러들이었다.

이침 햇살에 검은 비늘이 반사되자 전차와 같은 위용을 드러냈다.

새벽녘의 어슴푸레한 윤곽은 그 위용의 절반도 전달한 게 아니었다.

자세한 외관을 관찰하게 되었다.

다크 크롤러의 주둥이는 파충류 특유의 길쭉한 아가리 형태는 아니었다. 불룩 돌출한 뭉퉁한 주둥이엔 원형의 구멍이 붙어 있다. 이 원형의 흡입구를 따라 삼각 형태의 날카로운 이빨들이 깊은 속까지 불규칙적으로 돌출해 있다.

이 속에 들어가면 뭐든지 갈가리 분쇄시킬 것 같은 폭력성이 느껴졌다.

"다크 크롤러는 썩은 나무와 뿌리를 먹어치운다. 좋은 괴수 같지만 괴수는 괴수다. 좋은 괴수라, 내 말이지만 웃기군. 어쨌든 영역 의식이 지나칠 정도로 예민해 정찰 나간 드워프 전사들이 낭패를 당했다. 그 영역의 크기는 꼬리 진동이 퍼지는 곳까지. 먹이를 찾아 돌아다니니 그 영역의 크기를 예측할 수가 없어."

장자 드워프가 아쉬운 투로 설명했다.

오크 따위가 길들일 수 있는 괴수를 자신들은 가지지 못한 데 대한 안타까움이 느껴졌다.

여하튼 엘프의 등장 이후 왠지 친절하다.

드워프들도 대지의 눈이 필요함인가. 엘프와 모종의 거래를 하기 위한 물건일지도.

"후후, 나무 위로 다닐 수 없는 드워프의 비애로군요."

"훙, 차라리 다리가 짧다고 놀리지?"

“설마요, 광산에 어울리는 다리가 좋은 다리입니다.”

“의외로 엘프들을 의식하는군.”

“죽을 뻔했습니다.”

“나도 저렇게 사나운 엘프들이 있을 줄 몰랐어. 조화와 평화의 종족이라는 게 전혀 느껴지지 않아. 솔직히… 음허(陰虛)해.”

“…….”

암, 당신 이상이지.

유저의 빙의다. 나와 같음이라.

목책 안쪽 장로 드워프가 하이엘프 아앙과 나를 힐끔 바라보며 대화하고 있다.

장로 드워프의 외눈의 장자 드워프를 향한 눈은 질책에 가깝게 변해갔다.

장자 드워프는 나와 대화하며 이를 애써 외면하고 있다.

둘 사이에 불화의 그림자가 깊이 드리워지고 있었다.

장로회의 결정을 기다리지 않고 파편 무구의 봉인을 해제해서일까?

아니면 해괴한 방패를 채용한 드워프 전사단의 존재를 몰라서였을까?

또 아니면 전사단의 징집을 실행해서일까?

지금은 그저 못마땅한 눈길로 질책할 뿐이지만 장로들이

전부 모이면 그 실체가 드러날 터.

그렇게 드워프 부족 안에 내분의 냄새가 흐르고 있었다.

나는 모른 척했다.

"저에게 부탁할 게 저들의 감시죠? 더 나아가면 견제까지."

"역시 눈치 빠르군."

"생존의 인간 아닌가요? 엘프들에게 빚도 생겼으니 저렴하게 모시겠습니다."

"좋아, 원하는 게 뭔가?"

아무리 정치인의 멘탈이 탑재된 인공지능의 장자 드워프론 유저가 빙의한 엘프들을 상대하기가 버거운 것이다.

엘프들의 초대자는 장로 드워프다. 서열이 다르다.

"대지의 심장을 먼저 볼 수 있으면 됩니다. 즉, 장로 드워프들을 부탁합니다."

겸손하게 손님으로서의 순서를 지켜달라는 것이지.

"…쉽지만, 어렵군."

"저는 어려우면서 목숨을 걸어야 할지 모릅니다."

"힘써보지."

"애쓰세요."

"……"

그는 나를 의심스러운 눈으로 바라보았다.

하이엘프의 신기에 혼쭐나지 않았냐는 뜻이 담겨 있다.

나는 쨈 타이가의 앞발을 들어 흔들었다.

미요라는 연약한(?) 보디가드가 있음을 어렵지 않게 상기시켰다.

"트롤 잡는 게 오우거라고, 엘프 잡는 게 인간입니다."

"흥, 유저들은 좋은 비유를 알고 있군."

"그런가요."

뭐, 드워프 잡는 게 인간일 수도 있다.

아니, 모든 유사인종을 잡는 게 인간일지도.

괜히 생존의 인간이랴.

이후 장자 드워프와의 대화가 길게 이어졌다.

드워프의 인공지능 구조를 완벽하게 파악했다 자부할 정도로.

등가 거래가 드워프의 거래 원칙!

동일 가치에 동일 가치의 물건과 정보를 교환해야 한다.

특히 드워프들은 이문을 붙이는 인간의 상업 거래엔 거짓이 개입되어 있다고 생각한다.

어떻게 1이라는 가치에 1을 더해 2를 요구할 수 있냐는 것이다.

그렇기에 같은 물건이라도 가치를 키우는 쪽으로 문명과 사회가 발달할 수밖에 없다. 장인 종족이 되고 싶어서 된 게 아니다.

그런 의미에서 장자 드워프는 불안해하고 있었다.

장자 드워프 입장에선 엘프들의 등장은 뜬금없는 사태다. 장로 드워프가 엘프들에게 '대지의 심장'을 조건으로 동맹을 이미 제안한 상태다.

두 종족이 새로운 보금자리를 마련할 때까지 외적을 상대로 공농대응하자였다. 물론 그 과정에 장막과 장벽을 일으키는 이적에 관한 정보를 공유하자는 것이고.

이는 전체 장로들이 모여 결정할 문제다. 하나 받아들여질 공산이 큰 동맹 제안이었다.

드워프 사회의 의사 결정은 장로회의 만장일치로 결정난다.

동맹의 즉각적인 추인을 받기 위해 엘프 측에선 하이엘프를 동행시켰다.

참고로 엘프 사회의 의사 결정은 나이가 어려도 하이엘프가 결정하면 무조건 따르는 식이다.

서로 목적이 같으니 위험을 나누자는 소박한 바람일지 모른다.

"…엘프들이 가지고 있는 보물이나 정보가 무엇인지 전혀 알려진 게 없어, 성급한 동맹이야. 게다가 장로들은 사태가 이렇게 될 때까지 뒷짐지고 있었어."

"……."

우려는 좋은데… 장로들의 결정에 자신의 소외에 대한 우려일지도.

　권력에 맛들인 자는 권력에의 소외를 도저히 못 견뎌한다.

　자리에 오르기는 쉽다. 내려오기가 힘들 뿐이다.

　나 없이도 세상은 돌아가는데 말이다, 그것도 잘.

　기시감이라 해야 하나, 그런 느낌이 들었다.

　"아무튼 엘프 사회는 드워프 사회에 비해 고대 이슈타르인
들과의 단절이 빨랐다. 당연히 과거의 기억이 온전하게 남아
있을 공산이 크지."

　나는 고개를 끄덕였다.

　"정보의 질도 높을 터. 그런 그들이 먼저 동맹 제안을 해오
다니… 미심쩍어."

　나는 장자 드워프의 반응에서 교류가 끊어진 지 오래인 두
종족이 신뢰를 바탕으로 고급 정보를 교환할 수 있을지 자신
없음이 느껴졌다.

　당연한 반응이다.

　게다가 하이엘프를 대동한 엘프치곤… 호전적이다.

　나를 통해 엘프들의 의도를 파악하고 싶은 것이리라.

　나에게 대지의 눈이 있기에.

　내가 대지의 심장을 원하는 이상 거래는… 유효했다.

　신뢰없는 동맹을 위해 신뢰할 수 없는 자와의 거래이리라.

　대화는 곧 끊어졌다.

구구구구구구구구구구구구구구구구구구궁―!

목책이 뿌리부터 흔들리며 진동이 올라왔다.

변함없이 오크 셔먼들이 발하는 주력의 공격이 이어지는 가운데 다크 크롤러들이 경사면을 오르고 있었다.

넓적한 꼬리로 땅을 밀어 짧은 네 다리의 수고를 보조했다. 놀라운 속도였다.

거대한 다크 크롤러를 상대로 분쇄병단으로 맞서게 하기엔 체적의 차이가 컸다.

오크 로드 둘이 선두에 자리하고 있다.

작심한 이 둘의 눈엔 불이 활활 타오르고 있고 다크 크롤러를 독촉하는 기성이 칼날 같이 날카롭다.

드워프들의 눈엔 공포라는 감정이 맺혔다.

마법으로도, 투석기로도 요격될 목표물이 아니다.

"…그럼 저는 먼저 물러나겠습니다."

나는 냉정히 목책에서 뛰어내렸다. 그리고 물음표가 맺힌 엘프들을 지나쳐 요새로 달렸다.

등 뒤로 워 드워프의 우렁찬 함성과 파편 무구가 발하는 특유의 은빛 여운이 느껴졌다.

스치듯 지나가는 등 뒤로 하이엘프 아앙의 시선이 쫓고 있음이 느껴졌다.

분노로, 그리고… 수치로 활활 타고 있다.

헤― 눈치챘구나.

아이, 가상에서 뭘 그 정도 가지고.

머리털이 쭈뼛 섰다.

오옷, 살기가 형상화될 정도라니!

나는 짬 타이가를 얼른 머리에 얹어 쉴드를 쳤다.

이 무고한 생명을 노리진 않으리라.

"칫―"

김빠진다는 익숙한 소리가 들렸다.

멋모르는 짬 타이가가 머리 위에서 가슴과 배를 비비적거리며 가르릉거렸다.

방금 죽을 뻔했는데 좋단다.

내가 현실에서 양웅군과 놀며 단련된 고양이와의 친화력이 가상에서 빛을 발휘하는 순간이다.

*　　　*　　　*

여장의 팽창! 충돌!!

바스러져 흩어지는 빛의 입자들.

마력과 주력이 충돌하는 거대한 폭음, 고함과 기운을 북돋우는 함성, 비명, 괴수의 날카로운 마지막 단말마.

고통에 겨운 대기를 찢는 괴성.

그렇게 폭음을 폭음이, 소음을 소음이, 비명을 비명이 밀어 냈다.

와르르르릉—!

목책 곳곳이 무너져 내렸다. 불도저가 밀고 들어오는 형상이다.

다크 크롤러들이 목책을 갉아 먹어치우며 틈을 만들었다.

방패병단이 달려들어 다크 크롤러에게 분쇄 방패를 선사했지만 화를 북돋는 역효과를 낼 뿐이었다.

요새에 설치된 투사기에서 투창이 발사되며 목책을 무너뜨린 다크 크롤러를 저격했다.

투창이 박힌 다크 크롤러들이 거칠게 몸부림쳤다.

주변 드워프들이 그 몸부림에 휘말려 튕겨 나갔다. 더러는 깔려 곤죽 신세가 되기도.

하나 목책을 무너뜨릴 때마다 다크 크롤러들은 차곡차곡 죽어나갔다.

슈슈슈슝—!!!

그 가운데 엘프들의 저격은 놀라웠다.

다크 크롤러의 눈을 정확하게 꿰뚫었다.

엘프들의 화살 끝엔 오러가 맺혀 있다.

한 사람 한 사람이 놀라운 동화율의 소유자가 아닐 수 없다.

하나 진정한 전장은 다른 곳에 있었다.

쫘르르릉—!

거대한 발톱이 할퀸 상처가 대지에 길게 드리워졌다.

파편 무구를 지닌 오크 로드와 워 드워프, 그리고 하이엘프 아앙이 치열하게 싸우고 있다.

서로 호적수를 만난 것이었다.

이들이 싸우는 전장은 이들 이외엔 없다.

그 범위는 절대의 공백이었다.

파편 무구가 쩌렁쩌렁 울릴 때마다 빛과 어둠의 충돌이 자아내는 색의 입자가 요사스럽다.

보이지 않는 장막끼리 충돌하며 파장을 자아냈다.

대기를 진동시키고 공간을 찢어내는 폭음 대부분이 파편 무구끼리 충돌하면서 생긴 것이었다.

무기의 운영이 시간이 지날수록 놀랍도록 발전하고 있었다.

이 넷의 얼굴엔 공통적으로 우주의 비밀을 깨달아가는 탐구자의 희열이 걸려 있다.

힘에 도취되어 주변을 돌보지 않고 있다.

그러나 시간이 흐를수록 위력에 비해 밀리는 쪽은 하이엘프와 워 드워프 쪽이었다.

파편 무구의 권능을 발휘해 절대적으로 서로를 압도할 수 없다. 결국 결정적인 것은 빙의한 유저 본연의 동화율과 임기

웅변 능력이다.

그러면에서 형제인 오크 로드 형제가 우위를 점하는 비율이 늘어나고 있다.

형제다운 합격의 묘도 묘지만 동화율이 예사롭지 않다.

솔직히 타르타로스의 광휘를 만들어낸 동화율은 나를 넘어서는 면이 있었다.

여하튼 시간이 흐를수록 목책은 더 이상 보수가 불가능할 정도로 훼손되어 버렸다.

다크 크롤러 중에서 덩치가 예사롭지 않은 십여 마리가 살아남아 드워프 전사들과 엘프 궁사들에게 차근차근 추살되고 있었다.

결국 고립되는 것은 오크 로드 둘!

나는 오크 진영의 분위기가 이상함을 깨달았다.

아무리 오크 로드가 병력을 아껴도 목책이 무너진 순간 전투는 오크에게 유리하다.

한데 그 어떤 병력도 투입되지 않고 있었다.

!

질서정연하게 도열한 오크 솔저들과 이를 지휘하는 오크 나이트들, 오크 셔먼들이 열을 지어 막고 있었다.

아니, 앞을 막은 게 아니라 도열한 오크 솔저들에게 나름의 축성을 부여하는 중이었다.

거리는 투석기 밖이다.

한데 그 과정이 야릇하다.

느릿느릿, 전혀 긴박감이 느껴지지 않았다.

그렇다. 고의적인 지연이었다.

오크 로드 둘도 뭔가 이상하게 돌아감을 감지했지만 사태를 파악하기엔 이미 늦었다.

이런 기회를 놓칠 유저들이 아니다.

바로 하이엘프를 호위하며 나타난 열두 명의 엘프 궁사들이 나섰다.

그들은 잔여 다크 크롤러의 처치를 드워프들에게 맡기고 화살의 방향을 두 오크 로드에게로 향했다.

뇌격시에 비하면 속도가 처지지만 열두 발의 화살이 근거리에서 오크 로드를 노리고 파고들었다.

이제부터 정신없어지는 오크 로드였다.

공격에 나서던 묵창의 오크가 창을 풍차처럼 휘둘러 방어로 전환해야 했다.

그제야 두 오크 로드는 사태가 꼬였음을 인정하는지 하늘 향해 다급한 노호성을 토했다.

이에 난동 중인 다크 크롤러들이 호응하며 땅을 파고들어 갔다.

땅이 뒤집어지며 거대한 분진이 피어올랐고, 다크 크롤러들이 땅속으로 모습을 감추었다.

푸하아—! 후드드득.

오크 로드가 있는 곳에 모습을 드러냈다.

고래가 수면을 박차고 도약하는 모습으로 사방으로 흙과 잔돌이 튀었다.

오크 로드 둘은 눈으로 의사를 교환하고는 모습을 드러낸 다크 크롤러에 올라탔다.

다크 크롤러는 오크 로드가 올라타자 급히 지면을 박차고 경사면 아래를 향해 달리기 시작했다.

도주였다.

오크 로드 둘의 판단은 정확했다.

수십 발의 화살이 그 뒤를 쫓아왔다.

이에에에에에에에에에에에에에에—!!!

그 그림에 드워프들이 무기를 들며 격퇴를 자축했다.

그리고 엘프들을 향해 찬사를 보냈다.

난 그런 그들을 무심한 눈으로 지켜볼 따름이다.

나는 방관자다.

Act 12
삐뚤어진 지오, 일단을 거덜 내다

機甲戰記
Massacre
기갑전기 매서커

나는 내 안에 내가 너무 많다.

무슨 말이냐고?

매드 메이지 지오가 있다.

나지만 몹시 히스테리컬한 캐릭이다.

쏘아붙이는 듯한 어투, 짜증이 배어 있는 입가와 조소하는 듯한 눈은 내가 한 대 쥐어박고 싶어지는 녀석으로 내 성격 가운데 드러나지 않은 나쁜 쪽을 긁어모아 놓은 듯하다.

고백하자면 실제 내 모습과 가장 닮은 캐릭일지도.

그 특유의 삐뚤어짐으로 성격 괴이한 아크 메이지 일단의 애제자로 취급당하고 있다.

그 일단이 매드 메이지 지오를 기특하다는 눈으로 바라보고 있다.

"어떻게 이렇게 삐뚤어질 수 있을까?"

"영감, 나 이렇게 된 데 뭐 보태쥰 거 있어?"

매드 메이지 지오는 일단을 영감으로 막 부른다.

"여, 영감?! 매번 듣지만 나 아크 메이지 일단, 적응하기가 힘들구나."

"불렀으면 용건이나 말해. 바쁜 건 없지만 영감이랑은 한시도 같이 있고 싶지 않거든?!"

불만조로 쏘아붙였다.

"끄응—! 나, 아크 메이지 일단, 노년에 들인 제자 둘이 이렇게 속을 끓일 줄이야."

나는 귀를 파는 시늉을 하며 딴청을 부렸다.

"꼬우면 파문시키든지. 게다가 재수없는 깔쌈이는 곧 당신의 경지를 넘어 떠날 게 확실하거든. 나에게까지 그런 수모당하지 말고 지금 파문시키는 게 어때?"

"...무슨, 깔쌈이 메이지 지오의 놀라운 성취! 그것은 나 아크 메이지 일단의 자랑!! 스승을 능가하는 제자를 보는 것은 모든 스승들의 바람!"

"흥, 메이지 지오는 그렇게 생각 안 하는 것 같던데. 그리고 뭐? 스승의 바람? 골렘 기어 돌아가는 소리하고 있네, 성취가 지지부진하다며 구박을 그렇게 해놓고.”

일단이 나를 가리키며 입에서 거품을 물었다.

“감히… 이런 발칙한, 발칙한 제자가 있다니…….”

“여기 눈앞에 있으니 파문시키라니까.”

“크으…….”

그렇게 도발했지만 일단의 눈은 처음 본 그때처럼 부드럽게 풀렸다.

마치 희귀한 마법 재료를 보는 듯하다.

“허허허, 멘탈이 붕괴된 자아를 이렇게 가까이서 관찰할 수 있으니……. 절대 파문은 없느리라, 제자여—”

“흥—!”

이게 문제다.

실제 반듯한 메이지 지오보다 매드 지오의 성취가 높다, 터무니없이.

같은 가르침이고 캐릭 뿌리가 같은 지오인데 일단의 가르침이 먹혀 들어가는 쪽은 어쩐 일인지 매드 지오 캐릭이 강했다.

일단과 매드 지오!

무언가 삐뚤어진 가르침을 왠지 삐뚤어진 배움으로 받아들여서일까?

여하튼 이 둘은 투닥투닥거리지만 죽이 맞다.

메이지 지오가 괜히 밖으로 겉돈 게 아니다.

그 덕에 기계사로 장래가 밝아졌지만.

여하튼 일단의 눈은 불쾌감 대신 모종의 도전 의지로 불타올랐다.

"그 삐뚤어짐을 내가 반드시 돌려놓겠어. 물론, 나 아크 알케미스트 일단이 조제한 물약으로!"

"씨앙, 또 시작이군."

욕지기가 터지기 직전이다.

"인간의 타고난 심성까지 돌리는 물약! 이것이야말로 그 어떤 아크 메이지도 도전하지 못한 미지의 영역!!"

일단 특허, 자백 모드 들어가시고…….

"됐고, 됐거든?!"

그런 거다. 몰모트 취급이라.

일단의 가르침을 빙자한 물약 실험은 모두 매드 지오와 메이지 지오에게 실행되었다.

아직도 기억한다. 오우거 오줌을 베이스로 한 '힘튼튼' 물약의 오묘한 맛을.

그리고 그 엉뚱한 효과!

눈에 힘이 들어가며 세상의 모든 여성체가 아름답게 보였다. 몬스터마저.

그런 의미에서 기계사로 전직해 다른 길을 걷게 된 메이지 지오에 특대의 저주가 강림하라―!

…부러워.

그 반듯함이 부러워.

그 성공이 부러워.

눈치없는 애인마저 부러워.

"영감, 물약으로 심성 개조를 하시겠다고? 꿈도 야무지군. 그만 됐고, 부른 용건이나 말해."

"흐흥, 나의 틀어졌지만 사랑스러운 제자여―"

"……."

말과 다르게 어감은 묘하게 으스스하다.

"실험에 몰두하다 보니 내 창고와 잔고가 바닥난지 모르고 있었다."

"이거 경사로군. 간만에 듣는 반가운 소식이야."

"정말?"

"암, 파산 축하해! 아크 메이지 최초로 파산 신청을 하는 아크 메이지가 되는 건가? 최초 좋아하잖아?"

"삐뚤어지고 꼬일 대로 꼬인 제자여―"

"왜 자꾸 징그럽게 제자 타령이야―?!"

"내 비워진 잔고를 확인하면서 놀라운 사실을 발견할 수 있었노라."

“…….”

들켰나? …들켰군.

“내가 신뢰하고 사랑해 마지않은 삐뚤어진 제자가 허락도 없이 형제 상점에 30%나 할인된 가격에 포션을 넘긴 것을. 그로 인한 잔고 부족은 예정된 수순…….”

“흠흠.”

나는 고개를 돌리며 마른 귀를 팠다.

물론 이는 그가 허용한 한계에서 저지른 일이다.

일단이 만든 포션은 늘 달렸다. NPC에게도 소문이 자자하게 퍼졌다.

바미안 향병의 핵심인 NPC 헌터들의 환심을 살려고 무리한 결과다.

할인율을 맞추기 위해 일단이 큰 손해를 감수해야 했다.

30% 할인은 제자에게만 적용되는 원가 공급!

얼굴이 화끈거렸지만 남 이야기처럼 말했다.

“어허, 그 제자를 당장 파문시켜야겠군. 감히 스승을 기망하다니 말야.”

배ー째ー!!! 짤라ー!!! 퇴출시켜ー!!!

“흐흥, 하나 그 망나니 제자를 향한 스승의 하해(河海)와 같은 사랑은 우주를 덮을 정도로 넓다는 것이지.”

“스승의 창고가 제자 창고고, 스승의 주머니가 제자 주머니 아닌감."

"과연 삐뚤어질 대로 삐뚤어진 제자다운 발상!"

나는 배를 내밀었다.

일단의 입가엔 모종의 결심이 맺혔다.

"흐흥, 그 많은 물량을 맞추기 위해 잠시 연구를 중단해야 한다는 것이 안타깝지만 그 덕에 삐뚤어진 제자를 지도할 시간이 늘어났음을 기뻐해야겠지."

"누구 마음대로?! 꿈도 꾸지 말라고."

이거 불길하다.

뒤를 돌아 달아나려는데,

"스승이 제자에게 명하노라—!"

"앗!"

"제자는 스승의 가르침을 받들라—!!"

"흐윽……."

주위의 기운이 급변했다.

세상의 모든 빛과 공기, 보이지 않는 차원의 미지의 에너지까지 나를 향해 조여왔다.

…….

과연 아크 메이지의 명언 마법!

더불어 E&T 도제 시스템을 발동시키다니.

이는 삼장법사와 손오공이 연결된 주박처럼 강력하다.

나, 매드 지오의 몸이 제멋대로 움직였다. 이 움직임은 일단의 의지를 따르고 있음이라.

어기적 다시 몸과 고개가 일단을 향했다.

"…크흑……."

정말 불쾌한 느낌이 들었다.

"제자는 이리 와서 스승의 최근 성과를 몸소 체험토록 하라—"

"으윽!"

버둥버둥.

일단이 걸쭉한 액체가 든 가는 유리관을 로브 속에서 꺼냈다.

유리관을 향한 일단의 눈은 자부심으로 반들거렸다.

그에 비해 내 눈은 절망으로 죽어가고 있으리라.

그의 자부심은 나의 절망!

"제자는 기꺼운 마음으로 성취를 받들라—"

언령 마법의 강렬한 제이파가 전신을 옥죄어왔다. 동화율을 끌어올려 저항해 보았지만 마력의 크기가 다르다.

젠장! 어디서 이런 마력을……! 작정했구나.

나는 자동으로 왠지 혐오스러운 액체가 든 유리관을 받아들었다.

E&T 도제 시스템을 저주할 따름.

“…제자가…… 스승님의 성취를 삼가 받듭니다.”

“그럼그럼, 영광스러운 마음으로 쭈욱— 들이켜라고. 원샷—!!!”

“워언— 샤앗—!”

입안으로 떨어지는 정체 오묘한 검은 엑기스!

지옥의 향기가 코를 마비시켰다.

의문의 걸쭉한 검은 액체는 식도를 녹이는 느낌으로 위에 닿았다.

모든 스텟이 오락가락했다.

급락하는 정신력, 그에 대비해서 늘어나는 피통, 추락하는 마력에 폭증하는 조화력, 정신 에너지는 양과 음의 영역을 오락가락했다.

떠도는 영혼이… 귀신이 보인다.

훗, 이런 현상은 전에도 경험했다.

그저 오늘은 경쟁적이면서 총체적으로 나타나고 있을 뿐.

후후……. 일단의 실력이 줄었는걸.

앗! 이건 경험하지 못한 새로운 현상……. 살짝 부웅 뜨는 듯한 부양감이 좋다.

이럴 리가 없는데…….

허억!!!

야릇한 환상이 머리에 맴돈다.

왜?! 학창시절 짝사랑이 나타나는 거야?

어라, 그 뒤로도 차곡차곡이네.

그리고 지오의 모든 여인들이 전부 등장하고 말았다.

미요, 치리, 멜퀴, 실비, 우우… 장미까지.

하늘거리는 색색의 원피스를 걸치고 사랑스러운 표정을 지으며 다가왔나.

이런 환상이라면 대환영이야—

아싸, 일단의 포션! 삑사리!! 크크, 약빨이 다한 거야.

……?

한데 다가올수록 원피스가 흘러내렸다. 에이… 설마?

다행이다. 다들 안에 수영복을 걸치고 있어서.

단지 다이나마이트 바디 치리가 일체형 수영복을 걸친 것이 늑대의 마음으로 아쉽다.

여하튼 눈이 황홀하다.

이제 다섯 걸음 거리다.

한 발 앞으로 디디더니 다들 일시에 등을 돌렸다. 그리고 수영복의 상체를 고정하는 끈을 풀어버리거나 내렸다.

그리고 한 팔로 드러난 상체 핵심을 감싸 안는 자세를 취했다.

매끄러운 선이 고혹적이다.

앗! 안 돼!! 이건 아냐!!!

환상에 몰입해선 안 돼?!

그러나 저항의 비명은 입 밖으로 튀어나오지 않았다.

여전히 시선은 고혹전인 선을 좇고 있었기에.

갑자기 돌아서는 여인 군단!

그리고 수줍은 듯 얼굴을 붉히는 것이다.

…어쩌려고?

허업!

두 팔을 벌리고 나를 향해 일제 돌격!

이거슨, 솔로 캐릭에 가하는 무한의 테러—!!!

내 속에는 내가 너무 많아.

아니라고?

그래, 내 속에는 늑대가 너무 커!

됐지?!

그러니 좀 말려줘—! 말려달라고—!!

*　　　*　　　*

기이한 동화율 상승 형국입니다. 강력한 사이버 섹스 모드를 지원하기 위해서 유료 결제를 하셔야 합니다.

미친?!

됐거든?!

이 와중에 장삿속이냐?

너무도 정직한 신체의 반응!

피가 머리가 아니라 특정 부위로 몰리고 있다.

…죽지 않는다. 뭐, 이런…….

초 민망 사태 발발!

동화율을 끌어올렸다.

어서 빨리 뇌 속으로 피를 돌려야 했다.

전라의 여인들과의 육박전 아닌 육박전에 미꾸라지처럼 빠져 달아나려는 나.

환상이 처절하고 어지럽다.

어서, 썩, 어여— 누님들, 갑자기 지조도 없이 왜 이러세요?

네 남자들에게 돌아가라고—?!!

일러 바쳐 버릴 테요.

소용없다.

환상은 환상, 환상을 불러온 주체는 바로 나.

그렇다면… 환상을 불렀다.

야, 매서커. 미요를 데려가라니까.

매서커 등장, 쇼핑 쿠폰을 바람에 마구 날려 미요를 저 멀리 보냈다.

여, 다크 지오, 치리를 모셔가라고.

데스 로드 등장. 대동한 메이드 전대를 이끌고 치리를 떼어냈다.

그렇게 각각의 지오가 등장해 자신들의 여인들을 떼어냈다.

헉헉, 숨이 가쁘다.

이 얼마만의 뜨거운 심력 소모인가.

그렇게…….

야릇한 환상을 하나씩 죽여 나갔다.

눈이 돈다. 하늘이 보라색에서 노란색으로 변했다.

세상이 '컬러풀' 했다.

이 불끈한 심벌아, 제발 죽어라!

너는 쪽 팔리지도 않느냐?!!

고통과 환희를 오락가락하며 동화율을 높은 수준으로 유지했다.

그렇게 정신이 붕괴 직전까지 몰렸다.

드디어… 장미라는 마지막 환상을 지웠다.

헌신의 인물이기에 제일 무서웠다.

그러나… 나는 승리했다.

한곳으로 몰리던 피의 흐름이 그쳤다.

이것은 인간 승리!!!

"카오—!!!"

하늘을 향해 포효하자 입안에서 보랏빛 연기가 활화산 같
이 분출했다.

매드 지오, 무의식 가운데서 가장 커다란 부분을 도려내려는 시도를
극복했습니다. 심성 개조의 일보는 이번에도 역시 허사가 되었습니다.

하나 이번 신약이 화학적 거세 효과가 있음이 밝혀졌습니다.

…감히, 내 청춘을 탐하다니!!!

*　　　*　　　*

나는 미소 띤 일단을 노려보았다.

억울하지 않다. 거짓말이지만.

여하튼 보았듯이… 도제가 맺어진 이상 거부할 수 없는 행
사라.

내 이럴 줄 알았으면 절대 도제의 연을 맺지 않았으리라.

이는 나의 고귀한 자유의지에 가하는 추행!

아크 메탈리스트, 기계사로 전직한 메이지 지오는 이를 극
복했지만 매드 메이지 지오는 일단의 명령을 거부할 수 없다.

제, 제길……. 내 지금은 잔고를 거덜 냈지만 다음엔 반드시 횡령하고 말 테다.

캐릭이 고발당해 사라지더라도 이런 고역은 견딜 수 없어!

가만, 이번에도 심성 개조 포션이 실패했음이라.

하하하하하핫―!!!

고통 속에 작은 위안이라.

아니나 다를까, 일단이 은근한 어조로 물어왔다.

"삐뚤어진 제자야. 그래, 심성이 명경지수처럼 맑아지며 이 스승을 향한 존경이 마구 샘솟아나지 않느냐?"

"커커컥, 절대 그런 일 없거든?!"

"…이런."

"영감에겐 날 파문시키는 방법밖에 없다니까?! 크크큭.""

"어허― 이런이런, 오늘도 실패인가? 뭐가 잘못됐을까?"

"다 잘못됐거든?!"

나는 발악하듯이 그를 조롱했다.

"…흠, 짝짓기가 한창인 살인 개구리의 액즙을 먹인 짝을 찾는 악취 두꺼비의 등껍질을 말린 가루의 함량이 적은 것인가? 아니면 짝을 찾는 악취 두꺼비를 먹인 짝짓기가 한창인 살인 두꺼비의 말린 눈알 가루를 많이 넣은 것인가?"

"으휅―!!!"

헛구역질이 올라오며 동화율이 급락했다. 아니, 추락했다.

내 두 눈은 분명 영혼이 빠져나가 공허하리라.

"영감탱이, 뒈져 버려—!"

"흐흥, 삐뚤어진 제자가 개과천선할 때까진 절대 뒈질 수가 없지. 그것이 아크 메이지 일단의 숙명!"

조, 좋아! …그렇다는 거지.

더 이상 참을 수 없어!!!

나는 계획을 실행에 옮겼다.

온몸이 부들부들 떨렸다.

이판사판, 죽자 판이야—!

로브 안에서 형형색색의 포션들을 꺼냈다.

전부 일단이 개발한 최상의 포션들이다.

일단의 비상 창고에 비축된, 말 그대로 아크 메이지 일단의 역작들이다.

한 달에 하나, 일 년에 하나 만들어지는 레전드도 있다.

만들어지는 공력이 형제 상점에 넘기는 기성품과 같을 수 없다.

"…앗!"

"흐흥, 당신의 사랑스러운 이 삐뚤어진 제자가 비상 창고를 열었소이다."

나는 그의 자신에 찬 콧소리를 여보란 듯 따라 했다.

"제, 제자여— 창고를 열 정도로 법력이 발전하다니. 너의 성취가 예사롭지가 않구나. 정말로 보람이 느껴지는구나, 그러니… 우리 일단 말로 하자.”

“일 단 , 좋지.”

이제 와 애원해도 소용없다.

입가에 지옥의 향취가 맴돌고 있다.

이젠 더 이상 못 참아!

나는 포션병들을 치켜들었다.

“제자가 기꺼운 마음으로 스승의 성취를 받듭니다—!”

나는 E&T 도제 시스템을 파고들었다.

퉁방울처럼 튀어나오는 일단의 두 눈.

나는 그것들을 마구마구 입안에 털어넣었다.

꿀꺽, 벌컥, 원샷, 투샷, 폭탄 칵테일!

“아앗!!! 이럴 수가—?! 제자야, 지금 네가 무슨 짓을?”

일단의 손이 부들부들 떨렸다. 말려보려 해도 튕겨 나간다.

제자가 스승의 성취를 배우겠다는데 스승이 그걸 말리면 이상한 거다.

어구어구, 벌컥벌컥!

일단이 도제 스스템의 해제를 외치기 전에 얼른 포션이라고 불린 액체들을 몽땅 털어넣었다.

이것 봐라, 한층 발달한 버서커 포션도 있다.

몸을 흔들어 뿌리치자 일단이 멀리 튕겨 나갔다.

"윽, 어크큭―"

일단이 허망한 눈으로 하늘을 올려다보았다.

"…그게 어떤 건데."

"헉헉, 어떤 거긴. 이 몸이 체험한 환희의 산물이징."

환희 대신 극통이 요동치고 있다.

위 속에서 마그마가 꼴탕처럼 끓고 있다.

하나 나의 마음은 통쾌함으로 전율 중이다.

"영감―?! 이게 다가 아니거든?! 시작했으니 이제 끝을 봐야지―!"

나는 반대편 소매 안에서 장난감 같은 유리병들을 꺼냈다.

뜨헉―!!!

주먹이 들어갈 정도로 입이 벌어지고 마는 일단.

"아앗―! 페어리의 눈물을―! 정령의 샘물까지! 독거미 여왕의 독액 주머니는 안 돼?!! 꼬록꼬록."

일단이 뒤로 넘어갔다.

나는 온갖 희귀한 재료들도 같이 털어 넣었다.

꿀꺽, 벌컥, 원샷, 투샷, 폭탄 칵테일!

일단의 비밀 재료 창고에 있는 희귀한 재료들이다.

그렇다. 비밀 금고에는 포션이 있고, 더 깊은 곳에 숨겨진 재료가 있는 창고가 따로 있었다.

일단이 호출했을 때 나는 이미 각오한 바.

나를 괴롭히는 포션을 만드는 재료들을 모두 이 뱃속에 보관하겠다고!

내 발밑에 수북하게 쌓이는 포션병과 귀여운 유리병들.

일단의 눈은 절망으로 꺼져가고 있었다.

단 한 번도 믿지 않은 삐뚤어진 제자의 폭거에…….

그의 비밀 금고와 창고를 여는 데 쏟은 심력이 장난이 아니다.

놀라지 마라, 손바닥 지문을 약물로 지워서야 금고와 창고 인증을 통과할 수 있었다.

괜히 매드 메이지 지오가 아니다.

매드다. 바로 그 미친 MAD!

절대 발정난이 아니다.

＊　　　＊　　　＊

피부색은 검보라색이었다.

마늘, 양파 썩는 냄새가 진동하는 것 같다.

제일 먼저 배가 빵빵하게 부풀어올랐다.

검게 변한 손가락이 끝에서부터 촛농처럼 녹아 들어가고 있다. 발가락은 전혀 느껴지지 않고 있다.

세상은 이미 흑백이다.

포선과 약물을 마력으로 해독하지 않았다.

그렇다. 매드 지오가 흐믈흐믈 녹아내리고 있다. 캐릭을 지우기로 작정했냐고?

맞다. 나의 자유의지를 지키기 위해 택한 대가!

존재의 소멸로 몰모트 인생을 거부한다.

눈앞이 희미해졌다.

그때였다.

"……안 돼! 내가 어떻게 키운 캐릭인데……."

어이, 이게 어째서 영감이 키운 캐릭이야?

일단의 외침이 귓가에 가늘게 새어 들어왔다.

그리고 몸에 일단의 두 손이 닿는 게 느껴졌다.

아크 메이지의 권능을 구하는 일단의 외침!

"나, 아크 메이지 일단이 명하노라― 모든 극단적인 정화(精華)는 나의 마력으로 정화(淨化)될지어라―!!!"

보랏빛 광채와 함께 싸한 마력이 쏟아져 들어왔다.

여왕 괴부 거미가 흘린 회한의 눈물이 해독되었습니다.

당신은 그 효용을 몸소 체득했습니다.

이로 인해 마력이 급증합니다.

오우거 두꺼비의 마비액이 해독되었습니다.

당신은 그 효용을 몸소 체득했습니다.

…….

……체득했습니다.

……마력이 급증하고 있습니다.

무수한 메시지가 올라왔다.

메시지가 더 이상 올라오지 않았다. 그와 동시에 일단이 발한 보랏빛 마력은 희미하게 잦아들었다.

녹아내리던 몸은 제자리를 잡고 있다.

뼈가 보이던 손가락도 정상이었고 느낌이 느껴지지 않던 발가락의 느낌도 돌아왔다.

오히려 상쾌한 기분이 들었다.

몸 전체에서 몇 꺼풀의 얇은 피막이 밀려나와 있다.

그랬다. 뱀이 허물을 벗듯이 검은 허물을 벗었다.

그 속에 드러난 것은 건강하고 깨끗한 피부.

변한 내 모습이 낯설다.

꼬일 대로 꼬인 분위기는 그대로다.

외모 죽이는데?!

검보랏빛 머리칼하며 보라색 눈썹에 보랏빛이 감도는 검은 눈, 손톱은 검보라색으로 빛났다.

특히 보라색 입술이라니!

이 얼마나 퇴폐적이고 악당스러운 생김인가.

성질 마구 부려도 그러려니 받아들여질 것 같은 느낌이 팍팍 풍긴다.

헤헤, 이거 왠지 마음에 든다.

*　　　*　　　*

"…꺼억—"

트림 색마저 보라색이다.

나는 미안한 눈으로 일단을 바라보았다.

그의 사랑이 이렇게까지 지고할 줄이야.

온갖 포션과 희귀 재료가 뱃속에서 충돌해 몸이 붕괴되기 직전 일단의 마력이 주입되었다.

아크 메이지의 권능이 개입된 마력!

그렇게 일단이 몸이 녹아내리는 걸 막았다.

그 덕에 일단의 얼굴은 반쪽이다.

더 미안하게 나를 향한 얼굴엔 노여움이 없다.

?

"나 일단, 필생의 역작을 지켰다. 그것으로 만족한다."

알 수 없는 말을 반복해서 중얼거리고 있다.

필생의 역작?

발밑에 흩어진 것은 빈 병뿐인데 뭐가 어디에 필생의 역작
이 있다는 것인가.

"…영감, 왜 그런 거야?"

내 몸에 일단의 마력이 휘몰아치고 있다.

기이한 약물의 효능도 느껴진다.

딸꾹—!

캐릭도 지켰고, 마력까지 덤으로 붙었다.

재료와 포션에 관한 지식은 온몸으로 체득했다.

아크 메이지가 부여한 마력……. 세상을, 우주를 뒤엎을 만
한 에너지가 느껴졌다.

진정 마력만큼은 기계사로 전직한 메이지 지오를 능가하
고 있다.

성향이 같으니 고스란히 받아들인 것일까?

단지 히든 클래스의 부여가 없었음이 아쉬울 따름이다.

일단이 허리를 펴며 몸을 일으켜 세웠다.

좀처럼 본 적 없는 엄숙함이 배어 있다.

찔끔.

"삐뚤어지고 이제는 뱃속까지 검은 제자여—"

"…네."

기이한 위엄에 나는 정색하며 말을 받았다.

"나를 대신해 한 가지 거래를 완수해 다오."

"음……."

역시 공짜가 아니었어.

"…보는 바와 같이 재료 창고는 거덜 났고, 잔고도 바닥이다. 내 연구를 수행하기 위해 영주의 지원을 기대하기는 영지의 현 상황이 풍족하지도 않다."

"쓰읍."

자존심은. 영주에게 변상을 요구해도 되는 사건이다.

그러고 보니 돈으로 때울 문제가 아니다. 한 달에 한 방울 한 방울 모아야 하는, 시간이 걸리는 재료가 더 많으니.

"너를 부른 이유를 지금 말하겠다. 과거 나와 인연이 있던 여행가들이 포션의 제조를 의뢰해 왔다. 나 대신 포션을 배달하고 수금을 부탁하려 했는데… 포션을 제조할 재료도, 비상 재고도 사라져 버렸다."

"끄응."

뱃속이 뜬금없이 출렁거렸다.

"나, 아크 메이지 일단의 이름을 걸고 한 약속이다. 나의 명예는 곧 너의 명예이기도 하지."

"…그래서요?"

약간 반항적인 어감으로 물었다.

"나의 삐뚤어진, 지금은 영예로운 제자여. 그 여행가들을 도와 나의 약속을 이행토록 하라."

"…시, 싫어요."

내가 왜 모험가들의 보조, 일명 시다바리를.

사장으로, 공장으로 원정을 경험했잖은가.

징 하다.

한데 순간 나의 눈은 일단의 고요한 눈과 마주쳤다.

고요한 바다와 같은 평온이 깃든 눈에 작은 태풍이 생겨나고 있었다.

그것은 노여움이 아닌 나에게 건 기대에 대한 실망이었다.

이거 왠지 설득력이 전달되고 있다.

…….

"…할게요. 여행가를 도울게요!"

에이, 까짓 설마 용이 나오겠어.

"고맙구나, 스승의 명예를 지켜주기로 마음먹다니…… 기특하구나."

기특까지야.

미안해서 달아나기 위한 방책일 뿐이다.

그렇게 기운 빠진 일단의 모습은 적응하기 힘든 것이었다.

나는 아주 약간 삐뚤어졌다.

『기갑전기 매서커』 14권에 계속…

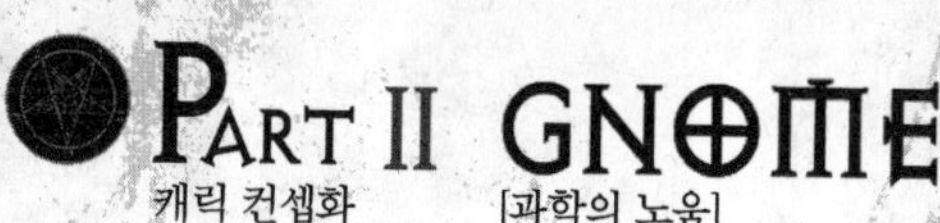

PART II GNOME

캐릭 컨셉화   [과학의 노움]

젊은 노움은 무모할 정도로 모험을 즐긴다.

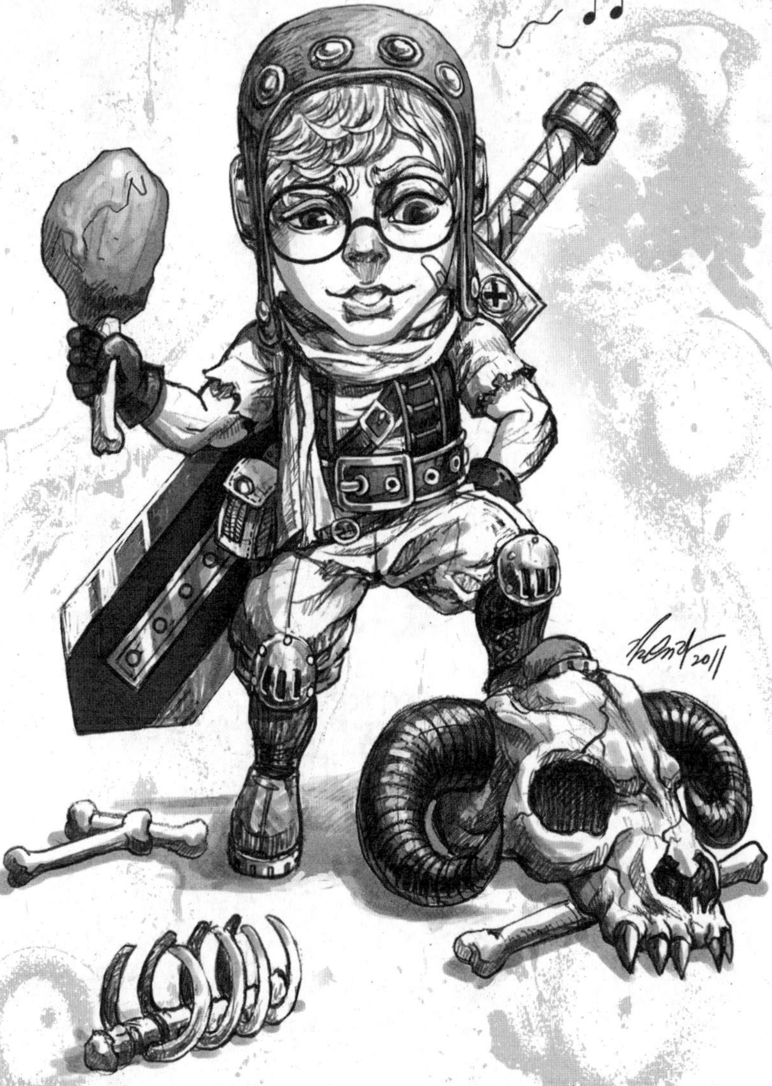

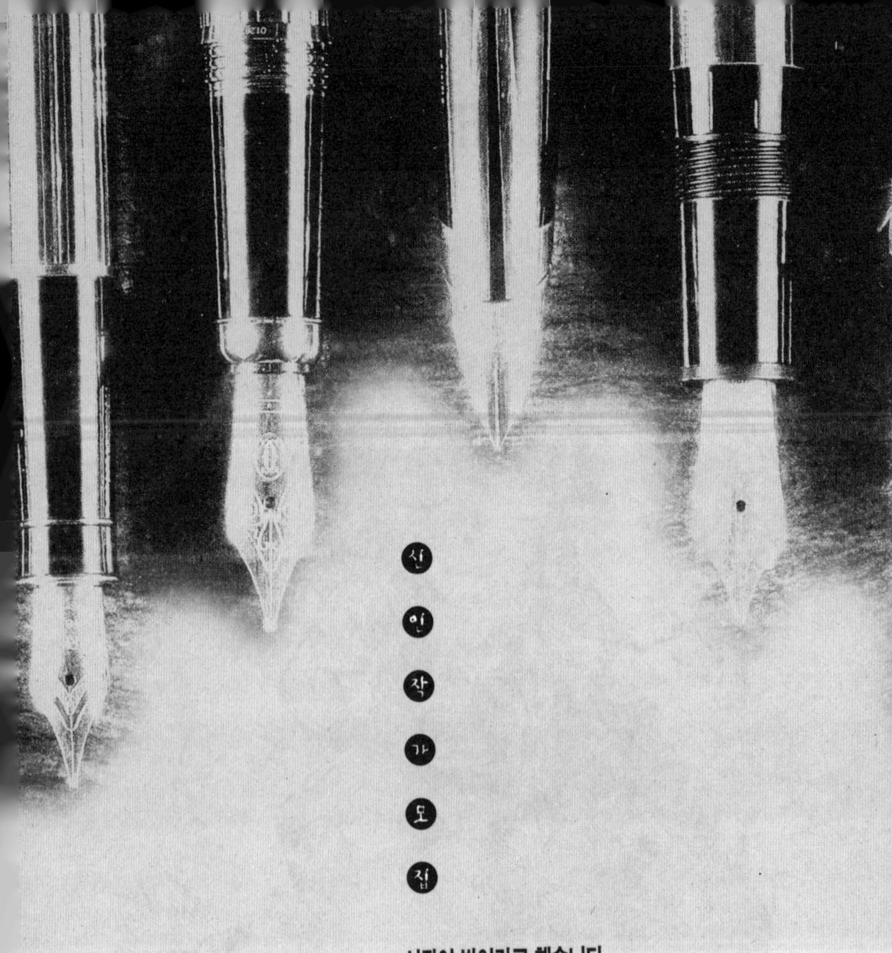
신
인
작
가
모
집

시작이 반이라고 했습니다.
작가의 길에 대한 보이지 않는 벽을 과감히 깨뜨리십시오!
청어람은 작가 지망생 여러분들의
멋진 방향타가 되어드리겠습니다.

저희 도서출판 청어람에서는
소설 신인 작가분들을 모집합니다.
판타지와 무협을 사랑하시는 분들의 많은 참여를 바랍니다.
소정의 원고(A4용지 150매)를 메일이나 우편으로 보내주시면
검토 후 출판 여부를 알려드리겠습니다.

주소:경기도 부천시 원미구 심곡2동 163-2 서경B/D 2F 우편번호 420-822
TEL:032-656-4452 · FAX:032-656-4453
http://www.chungeoram.com
e-mail:chungeoram@chungeoram.com

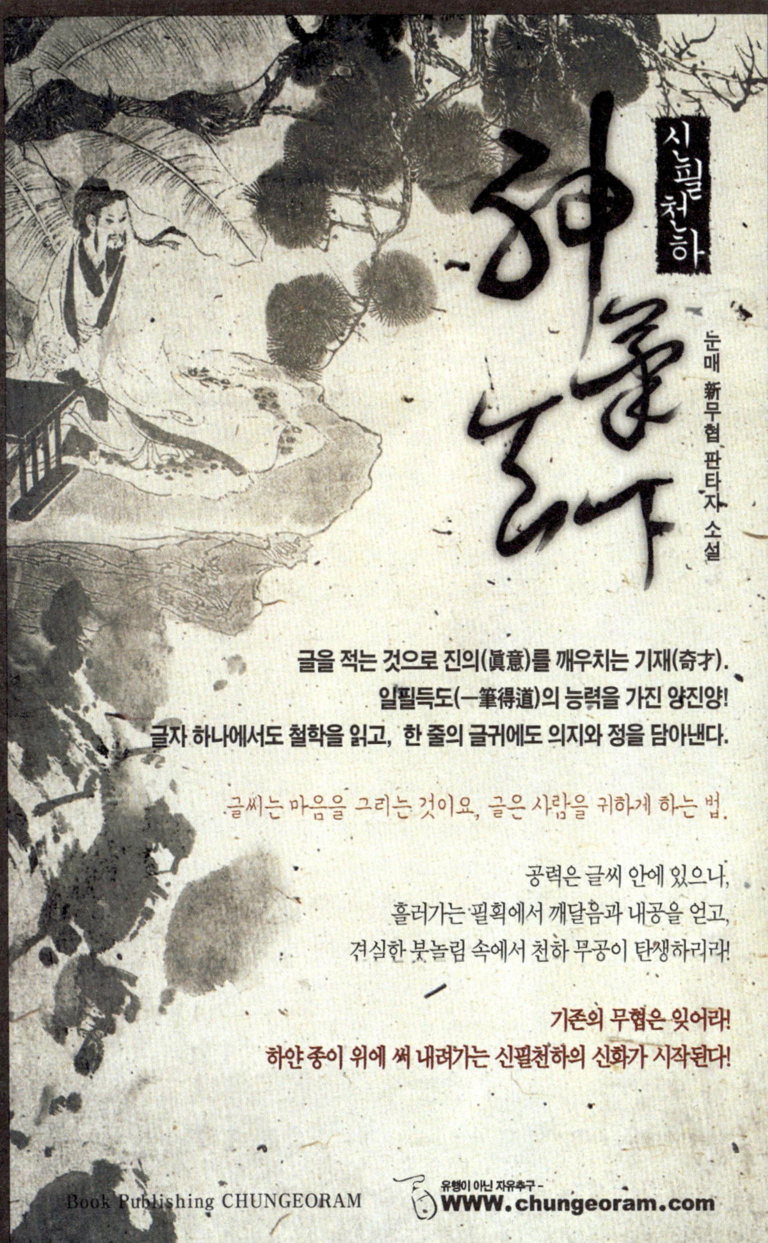

신필천하
神筆
눈매 新무협 판타지 소설

글을 적는 것으로 진의(眞意)를 깨우치는 기재(奇才).
일필득도(一筆得道)의 능력을 가진 양진양!
글자 하나에서도 철학을 읽고, 한 줄의 글귀에도 의지와 정을 담아낸다.

글씨는 마음을 그리는 것이요, 글은 사람을 귀하게 하는 법.

공력은 글씨 안에 있으나,
흘러가는 필획에서 깨달음과 내공을 얻고,
견실한 붓놀림 속에서 천하 무공이 탄생하리라!

기존의 무협은 잊어라!
하얀 종이 위에 써 내려가는 신필천하의 신화가 시작된다!

Book Publishing CHUNGEORAM
유행이 아닌 자유추구 ―
WWW.chungeoram.com